Andrea Schütze

Zeitschwestern

EDITION SCHÜTZE

Es beginnt ...

Ich heiße Charlotte.

Aber so nennt mich nur Papa. Und mein Mensch-Natur-Kultur-Lehrer. Der hat so einen Tick mit der Weltkarte. Zu jeder Stunde bringt er sie mit und ruft jemanden nach vorn, um darauf irgendwelche Städte oder Länder zu suchen – finden tut sie kaum jemand. Vor Kurzem hat es mich erwischt ...

»Lehmanns Charlotte, bitte mal ans Kärtchen kommen!«, rief er und ich dachte, ich muss sterben, echt.

Keine Ahnung, warum er nicht nur Charlotte sagt, sondern auch noch den Nachnamen zuerst nennt. Ich vermute, damit man sich bei der ganzen Sache noch blöder vorkommt.

Herr Heck sagte also weiter: »Nun, Lehmanns Charlotte, zeig uns doch mal den Popocatépetl!«

Natürlich hat die ganze Klasse wegen ‚Popo' erst mal losgelacht. Und ich? Wusste nicht mal, in welchem Land ich mit der Sucherei anfangen sollte! Da stehst du dann vor der Karte und suchst nach dem Wort Popo-irgendwas! Eigentlich hätte Herr Heck heiß und kalt sagen müssen, wie beim Osternest-Suchen. Und was kam raus? Dieses Popocatépetl ist überhaupt kein Ort, sondern der Name eines mexikanischen Vulkans. Wir haben nämlich anschließend Vulkane durchgenommen ...

Jedenfalls nennen mich sonst alle Charlie.

Ich trage heute meine Jeanslatzhose. Sie ist meine absolute Lieblingswohlfühlhose: Gemütlich, ausgeleiert, einklemmfrei. Notfalls passt sogar eine Strumpfhose drunter, ohne dass ich keine Luft mehr kriege. Ich habe sie einfach über meinen Schlafanzug gezogen, den mit dem Schäfchen auf dem Oberteil. Meine Füße stecken in Kaninchen-Hausschuhen aus Plüsch, mit Ohren und Wackelaugen. In die Haare habe ich mir meinen *Maluna-Mondschein*-Haarreif mit dem lila Glitzersternchen geschoben.

Vor ein paar Tagen war ich noch ziemlich krank, mit hohem Fieber, Halsschmerzen und Kopfweh - alle dachten schon, ich hätte Corona. Aber es war ne eklige Grippe. Jetzt geht es mir viel besser, aber ich darf trotzdem erst übermorgen wieder in die Schule.

Außer mir ist nur Jelena zu Hause. Sie ist Mama und Papas Haushaltshilfe. Ich liebe sie heiß und innig. Meine Eltern arbeiten quasi rund um die Uhr, sodass Jelena wie eine Oma für mich ist. Sie war früher Lehrerin und kommt aus Russland. Das ist übrigens das riesige Land halb oben rechts.

Jelena versucht, mir Russisch beizubringen, aber irgendwie check ich's nicht. Ich kann mir bloß ein paar Flüche merken. Sie macht auch diese tolle Sache mit den Sofakissen: *Paff*, mit der Handkante einen Knick rein, dass sie aussehen, als hätten sie Ohren – wie meine Hausschuhe.

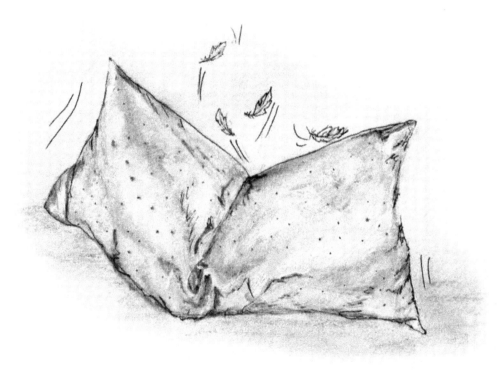

Papa ist Professor für Geschichtswissenschaften und hat seinen Kopf oft so voller Forschungszeug, dass ihn das normale Leben gar nicht interessiert. Außerdem hört er sowieso nur mit halbem Ohr zu. Wenn man etwas zu ihm sagt, kann es passieren, dass er nickt und murmelt: »Alles Gute« oder »Schöne Grüße«.

Er erforscht, was früher so los war, wie und wo die Menschen vor unserer Zeit gelebt haben. Mit Dinosauriern kennt er sich leider überhaupt nicht aus, obwohl Dinosaurier ja auch vor unserer Zeit existiert haben. Dinos finde ich jedenfalls spannender als Ruinen und bröselnde Burgen. Papa sieht es genau andersrum.

Mama ist auch Professorin. Ihr Unterrichtsfach an der Uni heißt Kunstgeschichte und ist so ähnlich wie das von Papa, nur geht es dabei um düstere Bilder, die mir oft überhaupt nicht gefallen, auch wenn Mama es Kunst nennt und manche dieser Gemälde viele Millionen Euro wert sind.

Als Mama und Papa heute also um kurz vor zehn Uhr endlich zur Arbeit gegangen sind, atmen Jelena und ich theatralisch auf.

»Uff, jetzt haben wir unsere Ruhe!«

»Kleines Spaßvogel!« Jelena lacht.

»Kleiner Spaßvogel.« Jelena besteht darauf, dass ich ihre Grammatikfehler verbessere.

»Ichrr habe übrigens endlich Fotos bei«, fügt sie hinzu.

Sie rollt die Buchstaben ganz hinten im Rachen, es hört sich an wie ein Grollen und ich versuche, mir das anzugewöhnen. Aber ich kriege es einfach nicht hin. Außerdem reiht sie die Worte eines Satzes manchmal anders auf oder hängt Buchstaben an Verben dran. Das hört sich so wunderbar an, dass ich es fast nicht über mich bringe, sie zu korrigieren. Manchmal denke ich sogar schon so, wie Jelena redet.

Ich freue mich total über die Nachricht mit den Fotos. Wir haben schon oft darüber gesprochen, dass Jelena mir Bilder ihrer großen Familie zeigen will, aber irgendwie kam ständig was dazwischen.

»Darf ich sie gleich sehen?«

Ich bin echt gespannt auf ihre Geschichte. Vor langer Zeit hat Jelenas Familie nämlich schon mal hier in der Stadt gelebt, bevor sie nach Russland gezogen sind. Oder geflohen, so genau weiß ich das nicht. »Wegens Krieg und Liebe«, wie Jelena immer sagt. Und nun ist sie seit ein paar Jahren hier, zum Glück für mich.

»Net.« Jelena schüttelt energisch den Kopf. »Erst ich muss schälen Kartoffeln, dann ich mache Wäsche. Du nehmens Tee von Lindenblüten mit in dein Zimmer, lutscht Halsbonbons und erholst dich. Ich muss auch noch tjelefonieren mit meine Krankenversicherung. Also, ich komme um Punkt elf Uhr.«

Na guuut. Ich gehe hoch in mein Zimmer, um die Zeit totzuschlagen.

Noch über eine Stunde ...

Okay ... setze ich mich halt an den Schreibtisch und kritzle ein wenig auf der Unterlage herum. Vielleicht zeichne ich gleich am Schülerkalender weiter oder hole ein paar Hausaufgaben nach, keine Ahnung ...

Kapitel 1

Der Tisch passt genau in die Dachgaube meines winzigen Zimmers. Es hat schräge Decken und ist ultragemütlich. Aus dem Fenster habe ich den besten Blick über die Stadt, den man sich vorstellen kann. An einer Wand stehen zwei quietschrosarote Bücherregale, gegenüber ist der Kleiderschrank, dann mein Bett und ein Sessel. Er ist hellblau mit einem zotteligen Kuschelkissen und einem aus Pailletten. Der Fußboden knarrt und ächzt bei jedem Schritt, da hilft auch der runde Flauschteppich nichts.

Wenn ich am Schreibtisch sitze, sehe ich auf den Glockenturm des Münsters. Er hat an allen vier Seiten eine riesige Uhr. Die in meine Richtung hin spinnt allerdings ein bisschen. Zu einer ganz bestimmten Uhrzeit geht sie falsch und weil ich das schon seit Jahren verfolge, bin ich zu einer echten Turmuhrexpertin geworden. Ich wundere mich bloß, dass das noch nie repariert wurde, aber vielleicht ist es auch einfach noch keinem aufgefallen.

Jeden Tag um zehn Uhr morgens passiert ein geheimnisvoller Zeitsprung.

Hat der große Zeiger der Uhr die Zwölf erreicht, schlägt die Glocke zehn Mal, genau wie sich das gehört. Doch kaum ist der letzte Schlag verhallt, verharrt der Zeiger weiterhin auf der Zwölf und bewegt sich kein Stück mehr. Exakt sieben Minuten später springt er mit einem Hopps von der Zwölf auf den Sieben-Minuten-Strich. Danach läuft die Uhr völlig normal weiter, als sei nichts geschehen. Meistens bin ich um zehn ja in der Schule, deswegen freue ich mich jetzt drauf, der Uhr auch mal unter der Woche bei ihrer komischen Angewohnheit zuzugucken. Nachts um zehn macht sie das übrigens nicht.

Vor mir steht der Teebecher mit dem Lindenblütentee, den man echt nur mit SEHR viel Honig drin ertragen kann. Mama kauft ihn in der Apotheke nebenan, was ich total unnötig finde, denn unten an der Straße stehen jede Menge Lindenbäume, die im Frühling wie irre ihre Blüten abwerfen. Daher auch der Name Lindenallee und Linden-Apotheke.

Ich könnte die Blüten tütenweise aufsammeln und trocknen, aber Mama will das nicht, wegen der Abgase, der Tauben und dem Dreck in der Luft und so weiter …

Ich stelle fest, dass ich mein Handy unten liegen gelassen habe und überlege, wie ich es holen könnte, ohne dass Jelena mich bemerkt. Ehrlich, niemand hat so strenge Handy-Regeln wie ich. Sogar wenn ich krank bin! Aber irgendwie fühle ich mich selbst dafür zu unmotiviert. Zum Zeichnen auch. Und Hausaufgaben – och nä!

Ich muss gähnen. Und ein wenig husten. Gut, trinke ich halt einen winzigen Schluck Tee.

Die Turmuhr schlägt und ich zähle aus Gewohnheit mit. Während der Zeiger auf der Zwölf stehen bleibt, verfolge ich die verrinnende Zeit auf meiner Armbanduhr, um bloß nicht die siebte Minute und somit den Sprung zu verpassen. Wie üblich richte ich nach sechs Minuten meinen Blick wieder aufs Münster. Selbst Zwinkern ist jetzt nicht mehr erlaubt. Ich stelle den Becher beiseite und konzentriere mich vollkommen auf den Sprung des Zeigers.

Doch heute ist es anders als sonst.

Urplötzlich wird mir sterbensschlecht.

Vor meinen Augen beginnt es zu flimmern. Die Umrisse der Möbel werden undeutlich, ich kann nichts mehr richtig erkennen. Mein ganzes Zimmer flirrt und ich merke, dass ich mich gleich übergeben muss. Nur leider kann ich mich überhaupt nicht bewegen. Ich bin völlig starr.

Mir bleibt nichts anderes übrig, als weiter auf den Turm zu schauen, dessen Ziffernblatt ich gestochen scharf erkennen kann. Die blitzende Sonne auf den goldenen Zeigern tut mir in den Augen weh und ich will gerade geblendet wegsehen, als sich die Zeiger zu drehen beginnen. Die Zeiger drehen sich? Ja, erst langsam, dann immer schneller laufen sie ums Ziffernblatt. Wusch, wusch, wie ein Ventilator kreist der große Zeiger sekundenschnell, während der kleine Zeiger eine Stunde nach der anderen anzeigt. Elf Uhr, zwölf Uhr, ein Uhr, zwei Uhr - die Turmuhr spielt völlig verrückt!

Mir wird eiskalt. Ich fange an zu zittern und kann nicht wieder damit aufhören. Das Schlottern lässt meine Zähne aufeinander klappern und ich höre mich hilflos wimmern.

Oh, mir ist so schlecht! Ich würge und schmecke bittere Galle. Ein beißender Wind weht durchs Zimmer, obwohl das Fenster geschlossen ist. Er bringt einen fremdartigen Geruch mit sich, und ich spüre mein Herz gegen die Rippen rumpeln. Das Rauschen in meinen Ohren ist fast unerträglich. Instinktiv halte ich mich am Schreibtisch fest. Ich will nach Jelena rufen, HILFE! HILF MIR DOCH!, aber aus meinem Mund kommt kein Ton.

Vor dem Fenster rasen Wolkenfetzen in einem Tempo vorbei, wie es eigentlich nicht möglich ist. Licht und Schatten wechseln einander so schnell ab, dass meine Augen keine Zeit haben, sich auf die geänderten Lichtverhältnisse einzustellen. Sie beginnen zu tränen. Auf einmal verändern sich auch die Farben meines Zimmers. Als würde sich ein Filter drüberlegen, fremd und unbekannt.

Ich habe Angst.

So fürchterliche Angst, dass ich am liebsten schreien will. Ich versuche es, immer wieder, doch wieder kriege ich nur ein hilfloses Röcheln zustande. Nach einer schieren Unendlichkeit wird meine Welt grau und verschwindet hinter einem Schleier. Nein, nein, aufhören, ich kann mich selbst kaum mehr erkennen! Fahl und blass sind meine Hände, unscharf meine Kleidung. Wieder will ich schreien, aber meine Zunge klebt mir wie ein Stück trockenes Brot am Gaumen.

Das Einzige, was ich tun kann, ist die Augen zusammenzukneifen und zu hoffen, dass alles vorbei ist, wenn ich sie wieder öffne. Vielleicht bin ich ja in Ohnmacht gefallen, fühlt sich das so an, wenn man bewusstlos wird? Wie aus dem Nichts höre ich Papas Stimme, der mir seinen Lieblingssatz beim Erkunden von Ruinen und Ausgrabungen zuruft: »Charlotte, ganz still. Hörst du das Rauschen der Zeit?«

Zum ersten Mal kann ich mir vorstellen, was er meint. Ja, es ist ein Brausen und Rauschen, ein vollkommen unbekanntes Geräusch, eine Mischung aus Raunen und Wispern, Tuscheln und Flüstern, ein Durcheinander und Wirrwarr von Klängen, Tönen und Wortfetzen. Dieser schmerzende, beängstigende Lärm in meinem Kopf, kann dies das Rauschen der Zeit sein? Aber warum höre ich es?

Jetzt verändert sich etwas.

Die Übelkeit lässt nach und langsam verschwindet der schlechte Geschmack in meinem Mund. Auch das Getöse verstummt. Der dumpfe Druck wird weniger und ich verspüre ein Gefühl wie beim Abbremsen eines Fahrstuhls. Ein sanftes Wippen, gar nicht unangenehm. Doch unmittelbar darauf werde ich heftig gegen die Schreibtischkante gepresst. Instinktiv mache ich mich ganz klein und japse überrascht, als ich ruckartig wieder zurückgeschleudert werde. Es hat eine Art Bremsung stattgefunden, wie krass ist das bitte alles? Die Rückenlehne meines Stuhls ächzt, hoffentlich kippt er jetzt nicht hinten um, denke ich noch, dann ist es vorbei.

Ich öffne die Augen.

WHAT? Was geht denn jetzt ab? Ungläubig sehe ich mich um.

Wieso sitze ich auf meinem Bett? Wie bin ich da hingekommen. Und ... wer ist das an meinem Schreibtisch?

Ich schließe die Augen wieder. Richtig fest presse ich die Lider aufeinander. Dann sehe ich erneut hin. Nein, ich täusche mich nicht. Dort sitzt ein Mädchen. Bloß, dass es gar nicht mein Tisch ist. Er sieht anders aus. Auch das Bett, auf dem ich sitze, ist ein anderes. Alles ist völlig verändert!

HÄ? WO BIN ICH?

»Scheiße!«, rufe ich laut. Es ist mehr ein Kreischen.

Dem Mädchen geht es offensichtlich ähnlich, denn sie starrt mich ebenfalls in einer Mischung aus Entsetzen und Überraschung an.

Für einen Augenblick bewegt sich nichts in dem kleinen Zimmer. Nur glitzernde Staubkörnchen tanzen in den Sonnenstrahlen, die durchs Fenster fallen. Da stellt das Mädchen mit zitternder Hand ihre Teetasse auf einem Unterteller ab und steht langsam auf.

Auch ich erhebe mich vom Bett.

Wie zwei kampfbereite Katzen stehen wir uns gegenüber, unsicher, wohin das Ganze führen wird.

Puppe, kommt mir in den Sinn. Sie sieht aus wie eine der Porzellanpuppen, die meine Oma sammelt. Ihre Haare sind mit einer großen Samtschleife zurückgebunden. Sie trägt ein dunkelblaues Kleid mit Rüschen, eine weiße Spitzenbluse und schwarze Schnürstiefelchen mit unzähligen Haken und Ösen, wie Schlittschuhe, nur ohne Kufen.

Mehr und mehr werden mir jetzt auch die Veränderungen im Rest des Zimmers bewusst: Meine gelb gestreifte Tapete zum Beispiel. Sie ist verschwunden, die Wände bestehen nur noch aus roten, unverputzten Ziegelsteinen!

Mein Blick rast umher. Dort eine Kommode aus Holz mit Zierdeckchen, darauf ein ovaler Spiegel. Wo in meinem Zimmer die Regale standen, entdecke ich eine uralte, schwarze Nähmaschine, wie ich sie mal im Museum gesehen habe. Außerdem gibt es einen Ständer mit einer

Schüssel aus Porzellan, über deren Rand ein gefaltetes Tüchlein hängt, darunter, auf dem Boden steht ein Wasserkrug. Ich höre ein leises Knistern und entdecke den schwarzen Holzofen. Durch die Lüftungsschlitze sieht man das Flackern des Feuers.

Meine Gedanken rasen, alles überschlägt sich. Ist das hier irgendwie für Besucher hergerichtet, wie in einer der vielen Schlösser, in denen ich mit Papa schon war? Da gibt es oft verkleidete Schauspieler, die das Leben und Arbeiten im Mittelalter darstellen oder sowas?
Ich schüttle den Kopf. Nein, das kann nicht sein, das hier fühlt sich echt an, nicht nachgemacht, ich spüre es bis in die Haarspitzen.
Da, endlich kommt etwas aus meinem Mund. Fast gleichzeitig reden das Mädchen und ich los.
»Wer bist du?«, »Was machst du in meinem Zimmer«, »Wie bin ich hierhergekommen?«, »Wieso siehst du so aus?«, »Wo bin ich hier?«
Die Fragen fliegen nur so zwischen uns hin und her und beide stellen wir ungefähr die gleichen. Das bringt uns zum Kichern. Und zwar so heftig, dass das Mädchen den Zeigefinger an die Lippen legt.

»Pscht!« Sie deutet mit dem Finger auf den Fußboden. »Ich krieg sonst Ärger.«

»Nee, keine Sorge, Mama und Papa arbeiten und wenn Jelena mich reden hört, denkt sie wahrscheinlich, ich bin am Handy«, antwortete ich.

Das Mädchen wird wieder ernst und runzelt die Stirn. Auch mir schwant etwas. Klar, hier stimmt was nicht, das ist nicht zu übersehen, aber bis vor einer Sekunde bin ich noch davon ausgegangen, dass ich trotzdem weiterhin in meinem Zuhause bin. Was, wenn das gar nicht stimmt? Dann ... dann ... bin ich womöglich in der Wohnung des Mädchens, nicht sie in meiner? Prompt wird mir wieder schlecht.

»Ich check's einfach nicht.«

Tränen steigen mir in die Augen. Ich zwinkere sie mühsam weg.

Das Mädchen zieht mich zum Bett. Eine Weile sitzen wir schweigend nebeneinander. Es ist ganz still, nur das Knacken der Holzscheite ist zu hören. Trotzdem ist mir kalt und ich schiebe die Hände unter die Schenkel. Die Decke auf der wir sitzen, fühlt sich rau an. Ich kann nicht mehr klar denken und bin froh, als das Mädchen sich räuspert und anfängt zu sprechen.

»Mal ganz von Anfang an ...«, sagt sie. »Ich heiße Carlotta Kant. Das hier ist unsere Wohnung. Ich bin elf Jahre alt. Und du?«

»Ich bin auch elf. Und ich heiße Charlotte Lehmann, aber alle sagen Charlie zu mir. Und eigentlich dachte ich, das hier sei mein Zimmer.« Jetzt weine ich doch ein bisschen.

»Tschaaali?«, wiederholt Carlotta. »Das klingt schön!«

Mein Name hört sich aus ihrem Mund ungewohnt an. Ich schniefe und Carlotta fischt ein Tüchlein aus der Rocktasche. Sie reicht es mir. Der Stoff riecht nach Lavendel und ist so ordentlich gebügelt, dass ich unsicher bin, wofür ich es benutzen soll. Sicherheitshalber tupfe ich mir nur die Tränen ab und ziehe die Nase hoch.

»Also, wie bist du denn nun hier hineingeschneit, Tschali?«, fragt Carlotta. »Ich war die ganze Zeit hier und hätte gemerkt, wenn jemand durch die Tür gekommen wäre. Bist du vielleicht ein Engel? Oder ein Geist?« Carlotta stupst mich mit dem Finger an.

»Nee, keine Ahnung! Ich saß einfach so an meinem Schreibtisch rum und hab rausgeguckt«, antworte ich hilflos. »Und dann ging so'n Gewirbel los und zack, war ich hier.«

Carlotta blickt nachdenklich Richtung Fenster.

»Also das mit dem Rausgucken mache ich auch oft«, sagt sie. »Ich beobachte die Turmuhr. Sie spielt genau um zehn Uhr für sieben Minuten verrückt. Aber das ist ja nun egal, wir müssen ... «

»Ja, genau!«, unterbreche ich sie. »Bei mir auch! Der große Zeiger wartet und wartet, bis er mit einem Satz gleich sieben Minuten auf einmal nimmt!«

Carlotta nickt. »Dann haben wir wohl eben genau dasselbe getan. Ich sitze da, schreibe, gucke raus, trinke Tee und plötzlich sitzt du auf unserem Bett. Ich habe mich zu Tode erschrocken!«

»Tut mir voll leid«, sage ich. »Tee hab ich übrigens auch getrunken.«

Wir schweigen wieder.

»Schon krass oder nicht?«, sage ich nach einer Weile. »So wie's aussieht, waren wir eben irgendwie total parallel unterwegs: Wir haben am selben Ort auf dasselbe geschaut und noch dazu dasselbe getrunken.«

»Das gleiche getrunken«, verbessert Carlotta. »Wir hatten ja jede unseren eigenen Tee. Lindenblüten in meinem Fall.«

»In meinem auch! Schmeckt aber nur mit viel Honig drin!«

»Wir haben bedauerlicherweise keinen Honig.« Carlotta räuspert sich. »Aber ich habe die Blüten selbst gesammelt, unten auf der Straße im Sommer. Ich mag ihren Duft so sehr und es ist wundervoll, dass man sie gepflanzt hat!«

»Unser Tee ist gekauft. Mama sagt, an denen von unten sind zu viele Autoabgase dran.«

»Autoabgase?«, wiederholt Carlotta.

»Ja, Mama meint, wenn da jeden Tag Hunderte von Autos und Lastern durchfahren, nehmen die Blüten den Abgasdreck auf und wir trinken das dann mit. Bio ist da schon besser.«

Carlotta verschränkt die Arme. »Du bist seltsam. Und du sagst Wörter, die ich nicht kenne. WAS ist da auf eurer Straße los? Bei uns gibt's Pferdekutschen, wie überall. Und hin und wieder sieht man eins von diesen verrückten Automobilen.«

Sie sieht mich herausfordernd an.

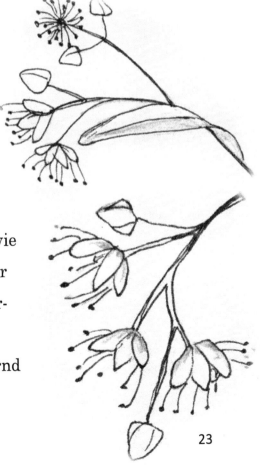

»Quatsch, wir haben uns doch gerade zusammengereimt, dass wir aus demselben Zimmer, auf denselben Turm mit der kaputten Uhr geguckt haben. Dann muss doch auch das Haus in der gleichen Straße stehen!«, kombiniere ich.

»Das hier ist Lindenallee Nummer acht«, sagt Carlotta.

»Lindenallee 8, eben«, bestätige ich. »Genau da wohne ich auch.«

Carlotta reibt sich über die Augen.

»Vielleicht bin ich doch eingeschlafen und das ist ein Traum …?«, murmelt sie.

»Warte …« Ich stehe vom Bett auf. »Lass mich mal rausschauen.«

Wenn ich von meinem Zimmerfenster auf die Straße hinuntersehen will, muss ich mich an einer ganz bestimmten Stelle auf den Tisch setzen und die Stirn halbschräg an die Scheibe pressen. Nur so kann man einen kleinen Straßenausschnitt erhaschen. So mache ich es auch jetzt und Carlotta kommt grinsend zu mir herüber.

»Man bricht sich fast den Hals dabei, nicht?«

Ich will etwas Witziges erwidern, als mir das Grinsen quasi im Gesicht festfriert. Carlotta hat recht. Es ist kein einziges Auto zu sehen. Und kein einziger LKW. Auch keine Spur von Taxis, Rädern oder Lieferwagen. Und wo sind die Stadtbusse geblieben? Die Mofas und E-Roller? Es flitzt nicht mal ein einziger Fahrradkurier durch den Verkehr. Und das vormittags auf der Lindenallee! Und hä? Dönerladen, Klamottengeschäft, Coffee-Shop, Bäckerei, Optiker ... alle weg! Ich schnappe nach Luft. Und klar, deshalb ist es auch so viel ruhiger als über meiner Lindenallee. Keine Hupen, keine Motoren, keine Sirenen sind zu hören - kein einziges all der bekannten, viel zu lauten Stadtgeräusche, die ich zwar manchmal schon gar nicht mehr wahrnehme, aber ihr Fehlen jetzt geradezu gruselig finde. Und noch was ist anders: Auf der Lindenallee hier unten herrscht nämlich durchaus Getümmel. Aber eines, wie ich es noch niemals gesehen habe: Menschen schlendern kreuz und quer über die Straße, zwischen ihnen schlängeln sich Kutschen hindurch und ... wie könnte man die nennen ... Pferdebusse?

Ungläubig wische ich die Scheibe klar, wo ich atemlos drauf gehaucht habe. Nichts, rein überhaupt nichts ist so, wie ich es gewohnt bin. Weder blinkende Reklame, noch, Satellitenschüsseln oder Leuchtbuchstaben. Auch das Kino fehlt, an dem gestern der riesige, knallrote Weihnachtsmann mitsamt seinen Rentieren an der Fassade befestigt worden ist, wie jedes Jahr um diese Zeit.

Mein Magen krampft sich zusammen. Ich bekomme wieder Angst. Das kann doch alles nicht sein! Und trotzdem kann ich meinen Blick nicht abwenden. Wie im Fernsehen, in einer von Mamas Lieblingsserien, bei denen man sich genau vorstellen kann, wie es früher war, weil die ... Requisiten, so heißt das Wort, und Kostüme und Schauplätze total echt aussehen ...

Früher ...

Wie es früher war ...

Mein Nacken beginnt zu schmerzen.

»Alter, tut das vielleicht immer weh«, murmle ich und rutsche vom Tisch.

»Geht mir zuweilen auch so«, sagt Carlotta.

Ich vergrabe meine Hände in den Hosentaschen. Das Ganze wird immer verzwickter.

»Ich weiß echt nicht, was ich sagen soll«, gebe ich deshalb zu. »Das da draußen, ist ne ganz andere Welt als bei mir zu Hause. Wie kann das denn sein?«

Carlotta zuckt ratlos die Achseln.

»Sorry, aber ich komme mir so falsch vor, verstehst du, was ich meine? Ich will eigentlich nur wieder heim«, setze ich leise hinzu.

Carlotta nickt. Dann zeigt sie grinsend auf meine Füße.

»Ich möchte ja nicht unhöflich wirken, aber du hast Hasen an! Das scheint mir doch eher ungewöhnlich!«

Ich bin froh über Carlottas Ablenkungsmanöver und setze mich wieder neben sie.

»Ich darf keine echten Kaninchen haben, weil mein Vater Panik hat, dass er allergisch dagegen sein könnte. Die Hausschuhe habe ich zum Geburtstag bekommen, als Ersatz. Von Jelena, das ist meine … ach, ist ja nicht so wichtig …«

Wir starren auf unsere Füße.

Kapitel 2

Nach einer Weile sagt Carlotta: »Ich habe im Februar Geburtstag.«

Ich sehe auf. »Echt? Ich auch. Am zwölften und du?«

»Ich auch am zwölften!«, erwidert Carlotta.

»Krass ... Ich finde, unser Geburtsdatum war dieses Jahr total cool. Zwölfter zweiter Zweitausendeinundzwanzig. Vier zweien!«

Carlotta sieht mich an, als sei ich verrückt geworden.

»Tschali, allmählich wirst du mir unheimlich«, sagt sie, springt auf und tippt energisch auf ihre Finger. »Erstens«, beginnt sie, »sitzt du wie aus heiterem Himmel plötzlich in unserer Kammer. Zweitens hast du Hasen an den Füßen und trägst die befremdlichste Bekleidung, die ich jemals gesehen habe. Drittens sprichst du in einer Sprache, die nicht wirklich von hier sein kann. Viertens redest du unentwegt über Dinge, die ich nicht kenne und fünftens weiß ja wohl jedes Kind, dass das Jahr 2021 noch in so weiter Zukunft ist, dass man es sich nicht mal vorzustellen vermag. Das sind ja noch ... noch ... über hundert Jahre bis dahin! Und du sagst, da hättest du Geburtstag gehabt? In der Zukunft!? Bist du vielleicht gefährlich? Oder aus dem Irrenhaus ausgebrochen oder was?«

Ich springe ebenfalls auf. Wieder stehen wir uns gegenüber.

»Ha, ha! Erstens«, auch ich halte ihr meine Hand unter die Nase, »sagt man Psychiatrie und nicht Irrenhaus. Und zweitens bist du kein Stück weniger seltsam: Du stehst in meinem Zimmer, das plötzlich aussieht wie in nem bescheuerten Museum. Drittens bist du angezogen wie ne altmodische Puppe. Viertens redest du wie die Schauspieler in nem Märchenfilm. Fünftens kennst du nicht die normalsten Dinge auf der Welt und sechstens kannst du nicht rechnen.«

»Selbstverständlich kann ich rechnen!«, faucht Carlotta und stemmt die Hände in die Taille.

»Kannst du nicht«, pampe ich zurück.

Carlotta schnaubt.

»Kann ich wohl!«, schimpft sie. »2021 weniger 1900 macht 121. Über hundert, wie ich sagte!«

»Ich verstehe nicht, was du da rechnest. Wieso minus tausendneunhundert?«, rufe ich bockig, obwohl sich in meinem Kopf eine Ahnung zusammenbraut.

»Tschali-Kind«, antwortet Carlotta mit geduldiger Stimme, was mich noch ärgerlicher macht, aber ich sage nichts und lasse sie weiterreden. »Wir schreiben heute das Jahr 1900, also eins, neun, null, null. Wenn du sagst, dass du im Jahr 2021 Geburtstag hattest, dann kann das nicht sein, sondern du musst dich noch exakt hunderteinundzwanzig Jahre gedulden! Und übrigens leben wir dann schon gar nicht mehr.«

Carlotta verschränkt die Arme.

Was hat sie da gesagt?

Klack, klack, klack, machen die einzelnen Erkenntnisschritte wie umfallenden Dominosteine, bis es mit einem Mal wie rasend geht: Das ist es!

Ich verkneife mir im letzten Moment das verbotene Wort mit F, zische stattdessen: »Oh Scheiße!« und wiederhole es gleich nochmal lauter. SCHEISSE!

»Pscht!«, macht Carlotta wieder, diesmal energischer.

»Okay, pass auf«, wispere ich. »Es kann gar nicht anders sein: Ich bin in der Vergangenheit gelandet. Ich muss irgendwie durch die Zeit gefallen sein! Wie so ne

Zeitreisende! Hunderteinundzwanzig Jahre zurück geplumpst! Einfach so!«, kreische ich.

»Leise!«, schimpft Carlotta.

»Sorry … Und der ganze Krach, den ich gehört habe: Das war wirklich die Zeit, wie sie an mir vorbeigezischt ist!«

»Tschali, ich fürchte mich vor dir«, sagt Carlotta. »Hör auf damit.«

Ich setze mich und fange an zu zittern.

»Ich meine das echt so«, schlottere ich. »Glaub mir, in meinem Zimmer, in meiner Lindenallee ist wirklich 2021.«

Carlotta wird blass. Sie legt mir ein dreieckiges Tuch über die Schultern. Dann greifen wir gleichzeitig nach unseren Händen und halten uns fest.

»Du lieber Gott«, flüstert Carlotta. Sie mustert mich von oben bis unten. »Dann gibt's uns beide eigentlich gar nicht. Also dich nicht bei mir und mich nicht bei dir.« Ihr Blick wandert weiter über meine Kleidung. »Du hast nicht nur Hosen für Knaben an, sondern auch noch ein Schaf auf dem Leibchen. Kleidet sich bei euch jeder so … so … speziell?«, fragt sie.

»Jeder zieht die Klamotten an, die ihm am besten gefallen«, erkläre ich und überlege, wie ich Carlotta den Kleidungsstil meines Jahrhunderts genauer beschreiben könnte. In meinem Kopf überschlagen sich die Bilder und Sätze, und ich bin hoffnungslos überfordert.

»Aber gewöhnungsbedürftig ist deine Mode gewiss«, unterbricht Carlotta meine Gedanken und fährt zaghaft mit dem Zeigefinger über das wollige Schäfchen auf dem Oberteil. »Was für eine fabelhafte Idee, niedliche Tierbilder auf Stoff zu applizieren, sowas habe ich noch nie gesehen! Und die Farbe ist in der Tat außergewöhnlich. Dieses kräftige Rosarot. Meine Mutter wird begeistert sein, wenn sie das sieht. Sie ist ganz verrückt nach modischen Extravaganzen!«

»Die Farbe heißt Pink«, sage ich und bin froh, dass wir es nach jedem neuen Schock wieder hinkriegen, uns irgendwie abzulenken.

»Pink«, sagt Carlotta und grinst. »Hört sich ulkig an.«

»Ulkig«, wiederhole ich das Wort. »Hört sich lustig an!«

Wir lächeln verlegen.

»Wo ist denn deine Mutter?«, fällt mir ein, weil ich das die ganze Zeit schon fragen wollte. »Und wieso bist du eigentlich nicht in der Schule? Ich bin offiziell noch krank und darf erst übermorgen wieder hin. Oder gibt's bei euch gar keine Schule?«

Carlotta zieht die Augenbrauen hoch.

»Du glaubst wohl, du bist bei irgendwelchen Wilden gelandet, was?«, fragt sie beleidigt.

»Nein, nein, so meinte ich das nicht ...«, erwidere ich schwach, denn sie hat im Grunde total recht.

Ich muss wirklich besser aufpassen, was ich sage. Denn das hier ist ihr ganz normales Leben. Wenn ich Besuch aus der Zukunft bekäme, fände ich es auch nicht toll, wenn derjenige sich darüber lustig machen würde, dass ich noch zur Schule latschen muss, während man bei denen einfach nur regelmäßig eine Art körpereigene App aktualisiert oder irgendwas anderes Abgefahrenes veranstaltet.

»Tut mir leid, ich wollte nicht ...«, fange ich an, doch Carlotta unterbricht mich.

»Selbstverständlich besuche ich die Schule«, sagt sie bestimmt. «Es gibt aber erst am Donnerstag wieder Kohlen für den Ofen im Klassenraum. Fräulein Hofmann hat uns frei gegeben. Als wir das letzte Mal ohne Kohlenfeuer Unterricht hatten, war es so kalt, dass uns die Tinte im Glas gefroren ist. Drei Schulkameraden haben eine Lungenentzündung bekommen.«

WOAH, Moment, das war ganz schön viel auf einmal ... Und stopp mal, Lungenentzündung ...?

«Theodor ist daran gestorben«, fügt sie leise hinzu.

»Gestorben«, frage ich ungläubig. »Mein Opa hatte letztes Jahr eine, aber er war nicht mal im Krankenhaus. Da stirbt man doch nicht dran! Also bei uns jedenfalls nicht.«

»Wieso nicht?«, fragt Carlotta erstaunt.

Prompt fühle ich mich fürchterlich. Das hätte ich nicht sagen dürfen. Ein Schulfreund von Carlotta ist an einer Krankheit gestorben, die man bei uns fast immer heilen kann. Mein Fehler macht mich ganz schwach und ich vergrabe für einen Moment das Gesicht in den Händen.

»Das mit Theodor ist schrecklich und tut mir total leid«, sage ich. »Aber ... na ja ... gegen Lungenentzündung gibt's bei uns halt Medikamente. Opa musste ein Antibiotikum nehmen.« Ich bin froh, dass mir der Begriff einfällt. »Das sind Tabletten. Bloß ein paar Tage Ruhe, dann war er wieder fit.«

Carlotta sieht verwirrt aus. Dann schüttelte sie den Kopf. Sie schüttelt ihn eine ganze Weile. Schließlich seufzt sie und antwortet unvermittelt auf meine Frage von vorhin.

»Meine Mutter arbeitet in einer Näherei für Miederwaren und Tischwäsche. Sie kommt erst heute Nacht nach Hause.«

Ich nicke. »Okay. Oje. Und dein Vater? Und was sind Miederwaren?«

Carlotta starrt an die Wand.

»Ich habe keinen Vater mehr«, sagt sie nach einer Weile leise. »Vati starb als ich noch sehr klein war. An Lungenentzündung.«

»Oh Kacke!«, japse ich und lege meinen Arm um Carlottas Schultern.

Erst jetzt merke ich, wie dünn sie unter der Bluse mit den gebauschten Ärmeln ist. Warum kann ich bloß meine Klappe nie halten? Jetzt weiß Carlotta auch noch, dass ihr Vater in meinem Jahrhundert wahrscheinlich nicht an dieser Krankheit gestorben wäre. Das muss sie doch jetzt doppelt traurig machen!

»Weißt du was, wollen wir tauschen?«, plappere ich drauflos. »Die Klamotten meine ich. Verkleiden macht Spaß. Habe ich früher immer gemacht. Dann kannst du mal ausprobieren, wie sich so ne Hose anfühlt. Und ich bin in deinen Sachen eine feine Prinzessin!«

»Kleider wie meine tragen bei euch Prinzessinnen?«, fragt Carlotta verdutzt.

»So ähnliche, in Rosa und mit viel Glitzerkram dran. Aber auch nur die in den *Disney*-Filmen«, erkläre ich und registriere, dass es hier weit und breit keinen Fernseher gibt. Und auch sonst nichts Elektrisches. Oder Plastik. Schon seltsam, die Hälfte der Worte, die ich benutze, kann ich in Carlottas Jahrhundert überhaupt nicht gebrauchen!

Carlotta steht auf und streicht sich den Rock glatt.

»Wie dem auch sei, ich bin leider keine Prinzessin, sondern nur ein ...«

Der wohlbekannte Klang der der Turmuhr erfüllt die Kammer. Wenn ich die Augen zumache, fühlt es sich bestimmt an, als sei ich zu Hause. Ich lasse sie trotzdem offen, damit ich mir nicht noch verlassener vorkomme. Automatisch zähle ich mit ...

»... Dienstmädchen«, beendete Carlotta ihren Satz, nachdem der letzte Schlag verklungen ist. Daraufhin geht sie eilig zur Kommode, zieht die oberste Schublade auf und nimmt etwas Weißes heraus. »Ich habe leider keine Zeit mehr zum Plaudern, ich muss zum Dienst.«

Doch ich höre ihr gar nicht richtig zu. Es ist viertel vor elf! Gleich will doch Jelena hochkommen und mir die Fotos zeigen. Aber nicht hier, sondern einhunderteinundzwanzig Jahre in der Zukunft. Was wird sie tun, wenn ich verschwunden bin? Und Mama und Papa? Mir wird ganz elend bei dem Gedanken, wie schlimm sie sich Sorgen machen müssen! Warum hab ich bloß mein Handy nicht dabei? Bestimmt würde ich bei *Google* was über Zeitreisen finden.

‚Auf Zeitreise steckengeblieben', schlägt mein Gehirn als Suchworte vor.

Ha, ha, witzig! Okay, fertig jetzt, egal, wie crazy und spannend das alles bis hierhin gewesen ist. Das hier ist kein Film. Ich brauche einen Plan.

»Carlotta«, bricht es einigermaßen panisch aus mir heraus, »was soll ich denn jetzt tun? Ich muss wieder nach Hause!«

»… nach der Schule bei Professor Grüning den Haushalt. Ich stehe bei ihm in Lohn. Mutti und ich würden uns sonst die Miete nicht leisten können. Der Professor lässt uns hier sehr günstig wohnen, und wir ertragen dafür seine Schwester«, Carlotta senkt die Stimme und deutet auf den Fußboden. »Ein unverschämtes Frauenzimmer und missmutige, zänkische Ziege!« Carlotta hat die Schürze fertig gebunden und dreht sich zu mir um. »Entschuldige Tschali, was sagtest du …?«

»Na ja, dass ich dringend wieder nach Hause muss«, wiederhole ich.

Gewohnheitsmäßig sehe ich auf meine Armbanduhr. Zack, linker Arm hoch und drauf gucken. Das tue ich ungefähr tausend Mal am Tag, als ob ich ständig irgendwelche Termine hätte.

»Hä, wie jetzt, es ist immer noch kurz nach zehn«, teile ich Carlotta überrascht mit. »Um genau zu sein, sieben Minuten nach.«

Carlotta, zieht die Samtschleife aus der Frisur und beginnt, sich einen Haarknoten zu machen. »Nein, es ist kurz vor elf, deswegen muss ich jetzt ja auch zum Dienst«, sagt sie.

»Okay, dann ist auf meiner Uhr, seit ich hier bin, keine Zeit vergangen ...«

Ich halte sie an mein Ohr. Bestimmt ist sie stehengeblieben, was sonst? Doch der Sekundenzeiger tickt brav auf dem Zifferblatt herum. Ich beobachtete ihn sicherheitshalber zwei Runden lang und stelle dabei fest, dass sich der große Zeiger aber nicht mitbewegt! Nein, er verharrt auf der Stelle, um sieben Minuten nach zehn. Es könnte also durchaus möglich sein, dass ...

»... dass es bei mir immer noch kurz nach zehn ist. Verstehst du? Vielleicht steht die Zeit bei mir zu Hause sozusagen still, obwohl das natürlich komplett unmöglich ist, aber es kann es ja trotzdem sein. Wie so'n Zeitloch oder was weiß ich ...«, reime ich mir irgendeine komische Erklärung zusammen und denke gleichzeitig darüber nach, wie es sein kann, dass Carlotta jetzt gleich zur Arbeit muss wie

eine Erwachsene, weil sonst das Geld zum Wohnen nicht reicht?

Carlotta nimmt mein Handgelenk und betrachtet die Uhr.

»Du musst sehr vermögend sein, wenn du eine eigene Uhr besitzt. Und eine so kleine noch dazu. An einem Armband, das ist wirklich erstaunlich. Ungeheuer praktisch, das habe ich noch nie gesehen. Und wie könnte es bei meiner neuen Freundin Tschali anders sein: Mit einem Bild drauf!«

»Och, das ist meine allererste Uhr, die hab ich bekommen, da war ich fünf. Aber ich mag sie immer noch und das ist nämlich eine Fee, die ...«, ich merke, dass ich wieder in den Plapper-Modus schalte und halte inne. »Also, was sagst du zu meiner Theorie? Wenn sie stimmt, hätte ich noch Zeit zum Überlegen, ohne dass sich zu Hause jemand Sorgen macht oder mich vermisst.«

Carlotta befestigt ein Häubchen über dem Knoten. »Gut, fertig.«

Sie sieht nun aus wie die Serviererinnen in einem berühmten Wiener Caféhaus, in dem ich mal mit Papa war. Aber Carlotta ist ein Kind! Ob ich ihr erzählen soll, dass Kinderarbeit in meinem Jahrhundert verboten ist? Ich presse die Hände an die Schläfen. Was für ein Durcheinander. Carlottas Leben ist so ungewohnt und ich bin so neugierig auf alles und gleichzeitig muss ich das Heimreiseproblem lösen ...

»Wann kommt deine Mutter nochmal nach Hause?«, frage ich. »Bis dahin muss ich nämlich unbedingt wieder weg sein.«

»Sehr spät, heute Nacht erst«, sagt Carlotta.

»Dann bist du nach der Schule jeden Tag allein? Meine Eltern würden die Krise kriegen.«

»Nun ja, als Stubenmädchen habe ich viel zu tun. Ich verdiene schon fünf Reichsmark im Monat.«

»Und du kannst das alles? Staubsaugen, die Waschmaschine bedienen, Spülmaschine einräumen ...« Nein, stopp, ich schüttle den Kopf und ernte von Carlotta einen schrägen Blick.

»Waschmaschine?« Sie lacht laut auf. »Aus welchem Zauberland kommst du? Wie soll das denn funktionieren? Begleite mich einfach, dann wirst du sehen, was ich zu tun habe. Ich könnte dich auch Professor Grüning vorstellen, der dir vielleicht helfen kann. Außerdem möchte ich ungern auf dich verzichten, wo wir uns doch gerade erst kennengelernt haben.«

»Cool ... Aber was ist, wenn ich mich irre und zu Hause ist doch schon eine Stunde vergangen?«, frage ich.

»Dir bleibt kaum eine andere Wahl«, erwidert Carlotta und ich weiß, dass sie recht hat.

In mir ist ein unbekanntes, leeres Gefühl.

Als ob ich nirgendwo mehr hingehören würde. Wenn ich jetzt dieses Zimmer verlasse, was ja auch irgendwie meins ist, kann ja noch viel mehr passieren – also im Sinne von schiefgehen meine ich. Oh Mann ...

»Tschali?«, drängt Carlotta. »Wirklich, ich komme sonst zu spät zum Dienst. Weißt du, wie viele Hausmädchen in dieser Stadt eine Arbeitsstelle suchen? Ich kann es mir nicht erlauben, die Stellung beim Professor zu riskieren, nur weil du plötzlich in meine Kammer geplumpst bist.«

Sie hat schon wieder recht und ich bekomme ein schlechtes Gewissen, auch wenn ich für die gesamte Aktion nichts kann. Wenn ich mich nachmittags über die Hausaufgaben beschwere und heimlich am Handy bin, geht Carlotta arbeiten. Sie hat so viel mehr Verantwortung als ich. ‚Das

Leben ist kein Ponyhof', sagt meine Oma immer. Hallo? Ich bin mir ziemlich sicher, dass Carlotta nicht mal weiß, was ein Ponyhof überhaupt ist ...

Nachdem Carlotta im Spiegel auf der Kommode den Sitz ihres Häubchens überprüft hat, öffnet sie die Klappe des Ofens und wirft einen Blick hinein. Die Luftzufuhr lässt Funken aufstieben. Ärgerlich sieht Carlotta in den leeren Weidenkorb neben dem Ofen und verriegelt die Luke wieder.

»Kohlen aus dem Keller holen bevor Mutter heimkommt«, murmelt sie.

»Wo ist eigentlich der Rest eurer Wohnung, unten drunter wie bei mir geht ja nicht, da wohnt ja die ... Dings, hast du gesagt ...«, fällt mir unvermittelt ein. »Ach ja, bevor wir zu deinem Professor gehen, müsste ich bitte noch aufs Klo.«

»Warte, wie meinst du das mit dem Rest der Wohnung? Hier wohnen wir. Meine Mutter und ich. Das hatte ich dir doch erzählt.« Carlotta runzelt die Stirn.

Ach Mist! Ein scheußliches Schamgefühl durchflutet mich. Ich würde am liebsten in den Boden versinken. Boah, ohne darüber nachzudenken, bin ich davon ausgegangen, dass das hier Carlottas Kinderzimmer ist. Dabei ist es ihr gesamtes Zuhause! Eine einzige, winzige Kammer unter dem zugigen Dach. Sie hat nicht mal ein Bett für sich allein.

»Schön bei uns, oder?«, sagt Carlotta prompt. »Wir haben sogar recht viel Platz. Liebknechts von nebenan sind zu fünft. Und dem Himmel sei Dank wohnen wir im Vorderhaus. Die Kellerverschläge von den Schlafgängern sind gruselig, genau wie die Hinterhofwohnungen.«

Ich merke, dass ich gar nicht richtig mitbekomme, was Carlotta redet, so beschäftigt bin ich immer noch mit meiner Scham. Meine Wangen fühlen sich heiß an, bestimmt sind sie knallrot. Klar, ich kann nichts dafür, dass Carlotta und ihre Mutter irgendwie sowas wie arm sind, aber im Vergleich dazu fühle ich mich plötzlich dermaßen reich, dass es mich wirklich beschämt. Und gleichzeitig ist Carlotta derart stolz auf ein Zuhause, welches einem im Vergleich zu unserem, auf den ersten Blick, einfach nur schrecklich erbärmlich vorkommt. Aber warum kommt es mir eigentlich erbärmlich vor? Ich muss nachdenken. Ja, die Antwort lautet: Weil ich das Zimmer mit meinen Augen betrachte. Und wie falsch das ist, erkenne ich gerade und versetze mich in Carlottas Lage. Und mit einem Mal nehme ich ihn endlich wahr: Den Glanz, der über allem hier liegt. Die wenigen, schönen Möbelstücke, die schmale

Vitrine mit dem ordentlich gestapelten Geschirr hinter den Glasscheiben, die beiden dicken Bücher auf dem Tisch, daneben ein aufgeschlagenes Schulheft, eng beschrieben mit schwarzer Tinte. Ans Tischbein gelehnt, die braune Ledertasche mit zwei Schulterriemen. Auf einem verschnörkelten Beistelltischchen eine Vase mit Herbstblumen und eine Schale, in der eine Haarbürste liegt. An der Wand über der Nähmaschine hängt eine gerahmte Zeichnung, es ist der Blick vom Dachfenster auf die Turmuhr.

Daneben, in einem goldfarbenen, ovalen Rahmen, das Foto eines Mannes mit großer Mütze und steifem Hemdkragen.

»Mein Vater, Karl Kant ...«, sagt Carlotta, die meinen Blicken gefolgt ist.

Dann wendet sie sich ab und zieht die Tagesdecke auf dem Bett glatt. »Die haben Mutter und ich letzten Winter gemeinsam genäht«, sagt sie und setzt die kleine, niedliche Flickenpuppe wieder ordentlich auf die Blechkiste, die als Nachtisch dient. *Darjeeling – Tea*, steht darauf.

»Ein Geschenk von Professor Grüning. Die Kiste ist aus Indien, dort war er auf einer Forschungsreise. In solchen Behältnissen wird der Tee nach Europa verschifft, weißt du?«, erklärt sie.

Ich nicke. »Ja«, sage ich dann, weil immer noch ihre Frage im Raum steht. »Ja, es ist wirklich sehr schön hier.« Und das meine ich aus vollstem Herzen.

»Los jetzt, Fremde«, sagt Carlotta zufrieden und nimmt mich bei der Hand.

»Ich finde dich eigentlich gar nicht mehr fremd«, sage ich.

»Ich dich auch nicht, nur ein bisschen«, erwidert Carlotta und deutet auf meinen Haarreif. »Er glitzert! Wenn du nachher noch da bist, wird sich meine Mutter sehr für deine Garderobe interessieren. Es ist ihr Traum, irgendwann ein Atelier zu eröffnen, um für die feinen Damen der Gesellschaft Pariser Mode zu schneidern. Ich spare mein ganzes Geld, um es ihr zu geben!«

Mir fehlen mal wieder die Worte. Carlotta ist so stark irgendwie. Und entschlossen. Sie nimmt ein graues Jäckchen vom Haken an der Kammertür und schlüpft hinein.

»Bin ich erst letzte Woche mit fertiggeworden.«

»Du kannst stricken?«, entfährt es mir und ich weiß im selben Moment, wie überflüssig meine Frage ist.

»Du etwa nicht?«, antwortet mir Carlotta wie erwartet und ich spare mir die Antwort.

»Könntest du mir vielleicht bitte auch eine Strickjacke leihen?«, frage ich stattdessen.

Mir ist immer noch elend kalt. Mein Zeitreise-Outfit ist nicht gerade ideal, und hier in Carlottas Zimmer ist es so frostig, wie bei uns normalerweise im Keller! In meinem rechten Ohr spüre ich ein leichtes Ziehen, auch der Hals tut beim Schlucken wieder weh.

Carlotta holt ein Dreieckstuch in bunten Farben und legt es mir um die Schultern. Dann kreuzt sie die Zipfel vor meiner Brust und bindet sie auf dem Rücken zusammen.

»Ich bekomme jedes Mal von Frau Rosenthal ein bisschen Wolle geschenkt, wenn ich sie begleite. Sie ist Hebamme. Ich trage ihre Tasche und gehe ihr zur Hand, weil sie schon uralt ist. Du darfst ruhig die Streifen zählen. Bei all diesen Geburten habe ich geholfen. Jeder Streifen ein Säugling!«

Ein kalter Schauder überfällt mich und ich streiche über das Tuch. Wie krass ist das denn bitte?

»Häkeln kann ich übrigens. Aber natürlich nicht so toll«, sage ich lahm.

»Na, wenigstens etwas.« Carlotta zwinkert mir zu und öffnet die Tür.

Kapitel 3

Wir treten auf einen schmalen, unbeleuchteten Gang hinaus.

Allerlei Regale, Truhen und Kisten stehen an den Wänden. Ich stolpere blindlings hinter Carlotta her.

»Leise jetzt«, sagt sie und huscht die Stockwerke hinunter.

Mit meinen Kaninchenhausschuhen folge ich ihr geräuschlos wie ein Geist. Ich erkenne die Treppe und die Stufen, es ist dieselbe wie bei mir. Nur die Stufen haben in der Mitte noch nicht diese Delle. Bei dem Gedanken daran, wie viele Menschen sie im Laufe der nächsten hunderteinundzwanzig Jahre noch austreten werden, wird mir ganz flau im Magen.

Auf dem nächsten Absatz hält Carlotta an und flüstert mir etwas ins Ohr.

»Da wohnt sie, Frau von Hahn, die alte Henne!«

»Warum mag sie dich nicht?«, wispere ich. »Schließlich machst du ihrem Bruder den Haushalt.«

»Ja, und meistens den ihren noch dazu! Aber sie ist eifersüchtig. Und weißt du warum?« Carlotta senkt ihre Stimme noch mehr. Die warme Luft ihres Atems tut gut an meinem pochenden Ohr. »Der Professor hat ein Auge auf meine Mutter geworfen! Er verehrt sie. Still und heimlich, aber ich weiß es natürlich längst. Deshalb lässt er uns auch hier wohnen. Es schickt sich für Witwen eigentlich nicht, allein zu leben. Normalerweise müssten wir zu den Großeltern ziehen. Aber Mutti sagt, wir schaffen das«, setzt sie bestimmt hinzu.

»Würde sie ihrem Bruder nicht gönnen eine Frau zu haben?«, frage ich.

»Möglicherweise. Sie befürchtet wahrscheinlich, dass er dann keine Zeit mehr hat, sich um sie zu kümmern, wo sich doch die ganze Welt um sie zu drehen hat.«

»Wäre der Professor denn überhaupt was für deine Mutter?«, frage ich neugierig.

»Aber nein, wo denkst du hin, Tschali. Er ist doch steinalt!«

Carlotta winkt ab und will noch etwas sagen, doch da kommt eine Frau schwer atmend die Treppe herauf.

Ihr knöchellanges Kleid ist ausgefranst und überall geflickt. Unter dem großen, groben Tuch, das sie um den Kopf geschlungen hat, kann man ihr Gesicht kaum erkennen. Die löchrige Männerjacke ist viel zu groß und an ihrem Arm hängt ein Korb mit Kartoffeln.

Erst jetzt fällt mir auf, dass sie auf dem anderen ein schlafendes Baby trägt. Weinend stapft ein kleiner Junge hinter ihr her. Mit einer Hand hält er sich am Rock seiner Mutter fest.

»Guten Tag, Frau Liebknecht«, grüßt Carlotta.

»Guten Tag, Frau Liebknecht«, sage auch ich und starre die drei Menschen an.

Es sind Geister, denke ich. Alle Menschen, die ich auf dieser Reise treffe, leben in meinem Jahrhundert längst nicht mehr. Wie kann das sein? Und ich bin eigentlich in diesem Moment noch überhaupt nicht geboren, nicht mal meine Eltern! Unwillkürlich schüttle ich den Kopf – an so crazy Zeug darf ich jetzt auf keinen Fall denken …

Frau Liebknecht stellt den Korb ab und mustert mich verwundert. Ich merke, dass sie etwas sagen will, doch da schluchzt der kleine Junge noch lauter. Schnodder läuft ihm aus der Nase.

»Hänschen kriegt einen Zahn«, seufzt Frau Liebknecht und nimmt den Korb wieder auf. »Gleich steht die alte Henne vor unserer Tür und beschwert sich über den Lärm, gacker, gacker, gacker!«

Reflexhaft suche ich nach einem Taschentuch. Doch stattdessen ertaste ich das Flugzeug aus dem *Überraschungs-Ei*, das mir Jelena gestern mitgebracht hat. Ich stoße sachte den Propeller an und reiche es dem kleinen Jungen, der so abrupt aufhört zu weinen, als hätte man ihn ausgeschaltet.

»Das ist ein Flugzeug«, sage ich. »Und es fliegt, hier oben, *rmm, rmm*, im Himmel.«

»Flugzeug?«, wiederholt Frau Liebknecht.

»Ja«, antworte ich bevor ich auch nur eine Sekunde nachdenke. »In die großen passen zweihundert Leute rein und man kann damit überall auf der Welt hinfliegen. Das hier ist nur eine kleine Propeller-Maschine.«

Frau Liebknechts Lachen schallt noch eine ganze Weile durchs Treppenhaus.

»Das hast du dir aber jetzt wirklich ausgedacht«, sagt Carlotta und ich zucke unbestimmt mit den Schultern.

Mir fällt nicht mehr ein, wer das erste Flugzeug erfunden hat, obwohl wir in der Schule mal darüber geredet haben, aber ich bin mir sicher, dass der Erfinder nicht Hans Liebknecht hieß. Doch wer weiß, was sich jetzt ändert, indem Hänschen dieses Spielzeug von mir bekommen hat. Vielleicht wird er ja Ingenieur und erfindet das Fliegen. Aber was ist dann mit dem echten Erfinder? Wenn ich nach Hause zurückkomme und bei *Wikipedia* nachsehe, stelle ich dann fest, dass ein Mann namens Hans Liebknecht als kleiner Junge ein Spielzeug geschenkt bekam, das ihn auf seine revolutionäre Idee mit dem Fliegen brachte?

»Boah nee«, japse ich, als mir die Reichweite des Problems aufgeht.

Das ist ja wie ein Dominospiel, wenn nur eine winzige Kleinigkeit in der Vergangenheit geändert wird, ist die

Zukunft eine andere! Kann es sein, dass ich wieder in mein Leben zurückkomme und wegen eines Plastikflugzeugs die ganze Welt nicht mehr so, wie sie vorher war? Es könnte dann sogar sein, dass es mich gar nicht gibt, weil Mama und Papa sich nicht kennengelernt haben, bloß weil ich eben die Liebknechts traf ...

»Scheiße!«, flüstere ich. Wenn wirklich alles irgendwie zusammenhängt, dann habe ich gerade einen Riesenfehler gemacht. Nein, das GANZE hier ist ein Riesenfehler. Schließlich wird schon allein durch meine Anwesenheit alles beeinflusst.

»Was ist los?«, fragt Carlotta.

»Nix«, murmle ich. »Alles okay, ich hab nur grad über was nachgedacht.«

Wir stehen jetzt vor der Tür, hinter der sich bei uns die Zahnarztpraxis von Dr. Yilmaz befindet. In meinem Bauch beginnt es zu kribbeln. Na toll, Charlie, eben noch voll Sorgen gemacht, jetzt wieder Spannung am Start. Ich verstehe mich selbst nicht mehr ...

Zur Ablenkung sehe ich auf die Uhr. Perfekt, der Sekundenzeiger läuft, die Zeit steht trotzdem still.

»Könnte ich dann als erstes kurz aufs Klo gehen?«, frage ich, als Carlotta am Aufschließen ist.

»Was meinst du damit?«, fragt Carlotta und ich presse mir unwillkürlich die Hand zwischen die Beine. »Ach so, du musst auf den Abtritt? Verzeih, daran hatte ich nicht mehr gedacht. Komm …«

Wider Erwarten läuft Carlotta das Treppenhaus hinab, statt in die Wohnung zu gehen. Ob es wohl was mit der Dienstmädchen-Sache zu tun hat? Dürfen wir die Toilette des Professors nicht benutzen?

»Frau Rosenthal«, sagt Carlotta und zeigt auf eine Tür im Erdgeschoss.

»Studenten-WG«, erwidere ich in Gedanken.

Dann biegt sie zum Untergeschoss ab.

»Schlafgänger«, sagt sie und tippt auf die Kellertür.

»Abstellräume«, murmle ich.

Ich nehme mir vor, Carlotta bei nächster Gelegenheit zu fragen, was Schlafgänger eigentlich sind - man kann ja nicht schlafen und gehen gleichzeitig … Vielleicht meint sie Schlafwandler?

Im Moment muss ich mich jedenfalls erstmal darauf konzentrieren, nicht in die Hose zu machen.

Und das gelingt mir beinahe nicht, denn Carlotta öffnet nun die Tür zum Hinterhof. Die Tür zum Hinterhof der Lindenallee 8 im Jahre 1900.

Auf unserem gibt's das übliche Gerümpel: Eine Kinderschaukel mit Plastikrutschbahn, einen kleinen Sandkasten, den niemand benutzt, ein kaputtes Basketballnetz, jede Menge Mülltonnen und Fahrräder und einen gemauerten Grill. Es stehen ein Haufen Plastikstühle herum, Blumentöpfe, in denen jemand aus dem Hinterhaus Riesen-Sonnenblumen zieht und manchmal füllen die Studenten aus der WG im Sommer ein Planschbecken, um zu chillen.

Auch wenn unser Hinterhof wirklich nicht gerade der schönste ist, Carlottas ist die Hölle!

Kapitel 4

»Nein!«, rufe ich instinktiv und halte Carlotta am Arm zurück. »Wir können da doch nicht raus!«

Meine Blase brennt inzwischen, aber lieber mache ich in die Hose, als weiter zu gehen.

Carlottas Hinterhof erinnert mich an Flüchtlingslager, solche, die in den Nachrichten manchmal gezeigt werden, wenn Menschen auf der Flucht vor Kriegen sind. Dieser fremde Anblick macht mir eine ganz eklige Angst. Das ist einfach zu viel.

»Klar können wir«, sagt Carlotta und klingt dabei so unerschrocken, dass mir gar nichts anderes übrig bleibt.

Sie hakt mich unter und läuft los.

Der Hof ist durch Bretterwände in unzählige, kleine Baracken und Verschläge eingeteilt. Nur eine schmale Gasse führt zwischen den Hütten und der Hauswand entlang. Kreuz und quer spannen sich Wäscheleinen, an denen

Stoffstücke hängen, die ich zuerst gar nicht als Kleidungsstücke identifiziere.

Eine Schar Kinder tobt um ein rußendes Feuer, nach dessen Flammen sie lachend Kieselsteine werfen. In den über und über zugebauten Hof fällt kaum mehr Tageslicht und ich tappe fassungslos hinter Carlotta her. Wie können denn hier Menschen leben, in all dem Unrat und Schmutz?

Carlotta führt mich einen schmalen Holzsteg entlang und ich versuche, nicht von den lehmigen Planken abzurutschen, denn der Boden darunter ist eine einzige schlammige, halb gefrorene Pfütze. Doch durch die dünnen Stoffsohle der Hausschuhe beißen sich im Nu Kälte und Nässe.

Ich halte den Atem an. An manchen Stellen ist der Gestank nach Schweiß und Urin so schlimm, dass es mich würgt. Je mehr wir uns der Holzbaracke am Ende des Steges nähern, desto bestialischer wird er. Carlotta stößt die Tür auf und ich sehe, dass der Raum in schmale Kammern eingeteilt ist. Diese sind mit Blecheimern bestückt, die unter einem Sitzbrett mit Loch stehen.

Erst in diesem Moment wird mir klar, dass wir in den Toiletten sind.

»Heilige Scheiße, ach du Kacke!«, japse ich.

»Geh ganz hinten«, rät mir Carlotta. »Da ist es sauberer.«

Ich versuche immer noch die Luft anzuhalten und wanke auf das Abteil am Ende der Hütte zu. Der Gestank trifft mich bis auf die Knochen und ich muss krampfhaft gegen den Würgereiz an schlucken. Ich atme durch den offenen Mund und versuche, mich zu orientieren.

»Die meisten machen immer noch einfach hin, wo sie wollen. Das ist inzwischen aber verboten«, höre ich Carlotta in der Kabine nebenan. »Viele Häuser bekommen bereits wassergespülte Abtritte. Dann wird das alles über Rohre direkt in der Erde geführt. Man schüttet Wasser hinterher und sauber! Eine glorreiche Erfindung, oder?«

Ich kann Carlotta nicht antworten.

Denn ich habe ein Problem.

Ich muss so dringend, dass es schon wehtut und stehe in einer offenen Klokabine ohne Klo. Durch das schmuddelige Brett kann ich in den vollen Scheiße-Eimer erkennen. Meine Hausschuhe sind vollgesaugt mit Flüssigkeiten, gegen die wahrscheinlich nicht mal unser Desinfektionsspray aus der Apotheke helfen würde und ich bekomme Carlottas komplizierte Dreiecktuchverschlingung nicht aufgeknotet. Als ich es endlich hinbekommen habe, steht Carlotta vor dem Abteil und ich reiche ihr dankbar den Umhang. Doch das nächste Problem kündigt sich schon an, denn ich kann die Träger der Latzhose auf keinen Fall auf den Boden fallen lassen. Ich halte sie also krampfhaft zusammen, klemme sie mir irgendwie unter den Arm und versuche, mit der anderen Hand die Jeans, die Schlafanzughose und die Unterhose runterzuschieben. Was natürlich völlig unmöglich ist.

Nachdem Carlotta meinem Gezappel eine Weile zugesehen hat, tritt sie neben mich und hält mir die Träger hoch. Endlich kann ich meine Ober-, Zwischen- und Unterhosen soweit runterstreifen, dass ich mich setzen kann. Könnte. Auf keinen Fall werde ich mich natürlich auf das mit Kacke verschmierte Brett setz Ich mache also eine Art Kniebeuge und kaum habe ich mich über dem Loch platziert, schießt mein Urin in einem brennenden Strahl heraus und vermischt sich im Eimer schäumend mit dem Inhalt. Eine Wolke aus Gestank steigt empor und mir wird noch sterbensschlechter, als ich es für möglich gehalten hätte. Würgend sehe ich mich nach Papier um und Carlotta zeigt auf ein paar Zeitungsseiten, die an einem Nagel an der Wand hängen. Für eine Millisekunde frage ich mich, wie es sein kann, dass es Leute gibt, die Lust haben, in dieser Scheißhaus-Hölle gemütlich Zeitung zu lesen, als mir klar wird, was es damit in Wahrheit auf sich hat. Ich weiß von der

Begegnung mit Hänschen noch, dass ich leider kein Taschentuch in der Latzhose habe, aber ich werde mich trotzdem auf keinen Fall mit Zeitungspapier abwischen! Dann lieber gar nicht.

Ich ziehe die Sachen hoch und bete, dass ich wieder zu Hause bin, bevor ich Groß muss. Zur Not werde ich zum Abputzen meine Schlafanzughose verwenden, fällt mir ein und dieser Plan beruhigt mich ein wenig. Als ich die Träger eingehakt habe, reiße ich spontan doch ein Stück von der Zeitung und stecke es in die Tasche - für Papa, als Mitbringsel aus der Vergangenheit.

Nach diesem Erlebnis kommt mir die Luft auf dem Hinterhof herrlich frisch vor und ich atme tief durch, während Carlotta redet.

Ich erfahre, wie normal es ist, dass die Hinterhöfe zu Verschlägen umgebaut werden, da jeden Tag Hunderte bitterarme Familien aus den Dörfern in die Stadt strömen, um hier zu leben und zu arbeiten.

»Auf dem Land leiden die Menschen Hunger«, erklärt Carlotta. »Sie besitzen kein Ackerland oder Vieh, weil das meiste den reichen Großgrundbesitzern gehört. Diese bezahlen den Bauern für die Feldarbeit kaum Geld. Also kommen sie in die Stadt, weil sie hoffen, in den Fabriken mehr zu verdienen.«

»Aber die Kinder sehen total verhungert aus«, flüstere ich und dränge Carlotta, schneller zu gehen. Zu vielen Leuten bin ich inzwischen aufgefallen.

Carlotta seufzt. »Es ist schlimm, eine einzige Katastrophe. Um hier irgendwann wieder rauszukommen, schuften Männer, Frauen und Kinder bis zum Umfallen. Von der Morgendämmerung bis Mitternacht.«

Ich muss husten und ziehe das Tuch enger um mich.

»Ist dir eigentlich nicht kalt?«, frage ich.

»Gewiss doch!« Carlotta lacht. »Aber was hilft Gejammer. Warte nur ab, wir gehen noch in der Waschküche vorbei. Nach zwei Eimern Wasserschleppen frierst du nicht mehr!«

Kurz bevor wir den Außeneingang zum Hauskeller erreichen, betreten wir einen Raum, an dessen Tür ein Schild hängt.

»Was steht da?«, frage ich.

Carlotta starrt mich entsetzt an. Hab ich mal wieder was Falsches gesagt?

»Ich hätte nie gedacht, dass du nicht lesen kannst«, ruft sie. »Tschali, du musst unbedingt Lesen und Schreiben lernen. *Wer liest, kann sich Träume erfüllen*', sagt Professor

Grüning immer. Also hier steht: Badestuben und Waschküche«, liest sie vor.

»Doch«, protestiere ich, »logisch kann ich Lesen und Schreiben. Aber wir haben halt ne total andere Schrift als ihr. Ich kann ja mal was für dich aufschreiben ...«

Wir betreten einen niedrigen Raum und ich ziehe unwillkürlich den Kopf ein. Über einer langen Reihe gemauerter Waschbecken, sind die Wände hellgrün gekachelt. Darüber läuft ein eisernes Rohr, aus dem mehrere Wasserhähne abzweigen.

Überall stehen Blecheimer in verschiedenen Größen und es gibt eine Waschwanne aus Zink. Auf einem Regal liegen ein ziegelsteingroßer, schmieriger Brocken Seife und ein paar ausgefranste Wurzelbürsten. An der Wand mit dem schmalen Fenster zum Hof lehnen Waschbretter, die aussehen wie unsere Käsereibe, nur in groß.

»Zum Wäschewaschen wird das Wasser auf dem Ofen da warm gemacht«, sagt Carlotta. »Ebenso wenn jemand baden will. Aber wer hat schon Holz für ein Bad?«

Sie nickt in Richtung eines zweiten Raumes, in dem sich zwei Badewannen befinden. Sie stehen mitten im Raum und sehen aus, als stünden sie auf kleine Tatzen. An einer Hakenleiste hängen Rücken-Bürsten mit langem Stiel, die alles andere als appetitlich aussehen. Es schüttelt mich richtig.

»Komm«, Carlotta zupft mich am Ärmel. »Hilf mir mal. Wir nehmen jeder einen Eimer Wasser mit hoch. Wahrscheinlich ist Geschirr zu spülen und kochen muss ich auch.«

»Äh, warte mal, das heißt, der Professor kommt also fürs Klo und zum Baden auch hier runter?«, frage ich.

»Wo denkst du hin?«, seufzt Carlotta. »Er benutzt den Nachttopf, den leere ich aus. Und für ein Bad bringe ich das Wasser hoch. Zehn Eimer immerhin.«

»Du leerst seinen ... und du schleppst sein Badewasser hoch?«, frage ich entsetzt.

Das finde ich jetzt wirklich unfassbar. Carlotta ist doch keine Sklavin! Hat sie dieser Professor noch alle? Wie ist der denn drauf? Er kann doch ein Kind nicht zehn Eimer Wasser schleppen lassen, nur weil er sich zu fein ist, es selbst zu tun oder sich in die Waschräume hinunter zu bequemen!? Ich bin plötzlich stinksauer auf den Typ.

»Ja sicher«, antwortet Carlotta. »Und das von Frau von Hahn auch«, ergänzt sie. »Einmal die Woche. Aber wieso erstaunt dich das so? Badet ihr etwa nicht?«

»Doch, doch«, erwidere ich. »Aber halt irgendwie anders, nicht so ... ach egal.«

Zum Glück hakt Carlotta nicht nach. Ich weiß nicht, ob ich mich hätte zurückhalten können, ihr von unserem Badezimmer vorzuschwärmen. Man passt kaum zu zweit rein, aber mir kommt es auf einmal wie der unbezahlbarste Luxus-Wellness-Palast der Welt vor.

Carlotta hat schon damit begonnen, einen Eimer mit Wasser zu füllen und ich tue es ihr nach.

»Die sind ja leer schon sauschwer«, stöhne ich und schaffe es kaum, den vollen Behälter aus dem Waschbecken zu hieven.

Und davon auch noch zwei? Beim Laufen schwappt mir das Wasser über die Hose und nach wenigen Schritten

schneiden sich die dünnen Drahthenkel der Eimer so schmerzhaft in meine eiskalten Finger, dass ich sie absetzen muss.

»Was sind denn eigentlich Schlafgänger?«, frage ich, um zu überspielen, wie fertig ich bin.

Carlotta stellt ihre Eimer ebenfalls ab.

»Ich zeig's dir«, sagt sie. »Aber pst!«

Sie hält die Holztür auf, an der wir vorhin vorbeigekommen sind und ich trete zwei Schritte hinein. In dem Kellerraum brennt eine kleine Petroleumlampe und es riecht muffig. Als sich meine Augen an die Dunkelheit gewöhnt haben, erkenne ich auf dem Lehmboden Strohmatten, auf denen große Stoffbündel liegen. Nein, das sind keine Stoffbündel, das sind Menschen, Männer, ich höre sie atmen und schnarchen! Ich zucke erschrocken zurück. Sie liegen dort eng zusammengerollt gegen die Kälte in ihrer Arbeitskleidung. Fast keiner hat ein Kissen oder eine Decke, und die meisten tragen noch ihre Schuhe. Nur wenige Schlafplätze sind unbelegt.

Ich sehe Carlotta entgeistert an und flüchte aus dem Gewölbe.

»Bei euch ist doch irgendwie Krieg, oder?«, frage ich, als wir wieder draußen stehen und mir kommen fast die Tränen.

Es kann nicht anders sein, das alles muss was mit Terror oder sonst was zu tun haben.

»Krieg?«

Carlotta nimmt die Eimer wieder auf und geht die Treppe hoch. »Wie kommst du denn darauf? Nein, alles ist, wie es sein soll«, sagt sie. »Die Spätschicht schläft, die Frühschicht kommt nachher.«

»Dann sind das keine Soldaten?«, frage ich und beiße die Zähne zusammen.

Ich glaube, ich habe noch nie etwas derart Schweres und Unhandliches wie diese beiden blöden Wassereimer geschleppt.

»Das ist ein Schlafraum, Dummchen«, erklärt Carlotta. »Aber schlimm dran sind die Schlafleute schon. Sie arbeiten drüben in der Fabrik. Lacke und Farben. Deshalb stinkt's hier oft so. Manchmal wird mir direkt schlecht davon ... Na ja, wenn sie eine Wohnung gefunden haben, holen sie ihre Familien nach. Die Fabrik hat den Schlafraum gemietet und die Arbeiter zahlen den Schlafplatz von ihrem Lohn. Da bleibt bloß kaum was übrig. Und manche sterben vor Erschöpfung. Wachen einfach nicht mehr auf.«

»Echt?«, frage ich erschüttert und Carlotta nickt.

»Aber es wird bald alles besser. Es werden ganz viele Wohnungen gebaut. *Ich führe euch herrlichen Zeiten entgegen*', hat der Kaiser versprochen.«

»Welcher Kaiser?«, will ich wissen.

»Unser Kaiser«, antwortet Carlotta.

»Ihr habt einen Kaiser?«

»Ihr nicht?«

»Also nicht nur nen König, sondern echt einen Kaiser?«, frage ich, um ganz sicher zu gehen, denn soviel ich weiß, ist ein Kaiser noch was Höheres als ein König, oder wie war das noch gleich?

»Kaiser Wilhelm, der Zweite. Und ihr?«, fragt Carlotta.

»Wir hatten so lang ich auf der Welt bin Angela Merkel, aber die hat aufgehört und vor Kurzem waren Wahlen, aber keine Ahnung wer da jetzt gewonnen hat.«

»Also hattet ihr eine Kaiserin?«

»Nein, eine Bundeskanzlerin, das ist sowas wie die Chefin von Deutschland«, sage ich.

»Vom Großdeutschen Reich meinst du«, verbessert Carlotta.

»Wir sagen Deutschland dazu«, erwidere ich.

»Aha«, sagt Carlotta. »Bemerkenswert. Eine Frau! Dass sowas möglich ist …«

Ich versuche Schritt zu halten, rutsche aber mit den nassen Hasenschuhen immer wieder aus und mir geht gründlich die Puste aus. Beim Atmen schmerzt es in der Brust. Ich konzentriere mich auf Carlottas Stimme.

»Also weiter. Wir haben einen Spruch, der heißt ‚*Kein Bett bleibt kalt*'. Gibt's den bei euch nicht?«, höre ich sie fragen und als ich den Kopf schüttle, erklärt sie mir, was damit gemeint ist: Manche Leute sind so arm, dass sie tagsüber ihr Bett zum Schlafen an eine andere Person vermieten. Und wenn sie abends von der Arbeit kommen, steht derjenige auf und geht zur Nachtschicht in die Fabrik. Es gibt sogar Wohnungen, in denen wird das Bett stundenweise vermietet, so dass sich Warteschlangen vor dem Haus bilden.

Und während Carlotta das erzählt, habe ich wieder so einen Erkenntnis-Moment. Kein Wunder, dass Carlotta ihre Kammer für das schönste Zuhause auf der Welt hält. Mit einem gemütlichen sauberen Bett ganz allein für sich und ihre Mutter. Ich versteh sie total.

Als wir wieder vor Professor Grünings Tür stehen und Carlotta aufschließt, wirft sie einen mitleidigen Blick auf meine Hausschuhe.

»Sind wohl gestorben, was?«

Die Kaninchen sehen tatsächlich ziemlich tot aus.

»Ich zieh sie wohl besser aus.«

Carlotta nimmt eine Zeitung aus einem Korb im Gang, entfaltet sie und legt die nassen Plüschteile mit spitzen Fingern darauf. Sie stinken erbärmlich.

Verstohlen sehe ich mich um.

Obwohl ich immer noch nicht genau weiß, was ich vom Professor halten sollte, gefällt mir das, was ich von seiner Wohnung sehen kann, auf Anhieb. Den Fußboden bedecken farbenprächtige Orient-Teppiche und an den Wänden hängen zahlreiche Gemälde. Wenn Mama das jetzt sehen könnte!

Beim Gedanken an zu Hause sehe ich auf die Uhr. Immer noch alles gut, nichts hat sich verändert.

Wir tragen die Eimer in die Küche. Der Fußboden hat ein auffälliges Muster aus schwarzen und weißen Kacheln, auf dem Küchentisch liegen zwei Bücher in braunen Ledereinbänden und vom Ofen geht eine angenehme Wärme aus.

Ich fühle mich sofort tausend Mal wohler als noch vor einer Minute. Unter dem Bücherstapel klemmt ein Zettelchen und Carlotta liest vor, was darauf steht.

»*Constanze, hoffe, dir gefallen die Bücher. PS. Springer von B2 auf C3*«

Carlotta schmunzelt und zieht einen Bleistiftstummel aus der Schürzentasche. »Bauer E2 auf E3, danach Läufer F1 auf C4, danach Dame D1 auf F3, danach Dame F3 schlägt Bauer auf F7. Schachmatt, Professor!«, murmelt sie beim Schreiben vor sich hin.

»Wer ist denn Constanze?«, frage ich.

»Ach, der Professor macht sich einen Spaß daraus, mich mit immer anderen Vornamen anzureden. Hauptsache sie klingen so ähnlich wie Carlotta. Er denkt, ich würde denken, er mache das aus Geistesabwesenheit. ‚Der zerstreute Professor', du weißt schon, der nur mit seinen Forschungen beschäftigt ist ...« Carlotta malt lachend Gänsefüßchen in die Luft.

Ich muss an Papa denken und werde irgendwie traurig ...

»Und was meint er mit dem Springer?«, frage ich schnell.

»Oh, das ...«, sagt Carlotta, nimmt einen Kupferkessel aus dem Küchenschrank und füllt ihn mit Wasser aus dem Eimer. »Wir spielen Gedankenschach. Aber er hat keine Chance gegen mich. In vier Zügen werde ich ihn Schachmatt haben, das wird ein Kinderspiel!«

Ich verkneife mir »Du kannst Schach?« zu sagen und nehme mir vor, meine Meinung über den Professor zu überdenken. Vielleicht ist er doch kein ganz so gnadenloser Dienstherr, wie ich vermute.

Carlotta öffnet die Ofenluke mit einem Eisenhaken und wirft ein großes Scheit Holz hinein. Dann stellt sie den Kupferkessel auf die Platte, nimmt den Deckel von einer Kanne und will gerade mit den Fingern in die Teedose fassen - ...

... - da rufe ich: »Stopp!«

»Grundgütiger, Tschali!« Carlotta fährt erschrocken zu mir herum.

»Händewaschen. Sorry, aber wir müssen uns unbedingt erst die Hände waschen.«

»Das bisschen Kohlenstaub«, schnaubt Carlotta. »Du bist schon ein wenig zimperlich ...«

»Das hat nix mit zimperlich zu tun«, rufe ich.

Ich merke, wie ich nervös werde. Wie kann ich Carlotta nur erklären, dass es bei dieser Art von Hygiene um viel mehr als saubere Hände geht? Vor meinem inneren Auge wirbeln die Bilder und Informationen der vergangenen Monate durcheinander: Corona-Pandemie, Homeschooling, Impfungen, Lockdown, Maskenpflicht, Selbsttests ... Ich überlege fieberhaft.

»Also das Ding ist, in meinem Jahrhundert weiß man total viel über Krankheiten. Wie sie entstehen und wie man sie heilen kann, okay? Und vor allem, wie man sie bekommt. Oder eben auch nicht bekommt, verstehst du? Und weil die Leute das früher noch nicht wussten, sind sie oft an Krankheiten gestorben, die sich gar nicht erst hätten einfangen müssen.«

»Hm«, sagt Carlotta und ich ziehe die Schultern hoch.

Mist, da wären wir wieder bei der Lungenentzündung. Rasch rede ich weiter.

»Das Ganze funktioniert so: Wenn man krank ist, sagen wir, erkältet, dann hat man eine Art Krankheitsmonster in sich. Die nennt man Viren und Bakterien. Die sind so klein, dass man sie nur mit dem Mikroskop sieht. Wenn man hustet, kommen die mit dem Atem rausgewirbelt, *fusch, fusch!* Gleichzeitig atmet sie jemand anderes wieder ein und *ZACK!*, wird der auch krank. Oder bei Schnupfen: Du wischt dir über die Nase«, ich reibe kurz über meine, »dann hat man Rotz da dran und auch jede Menge Krankheitsmonster. Und die kleben danach an allem, was man anfasst. An allem! Wenn also jemand vorher den Wassereimer getragen hat, der erkältet war, kann es sein, dass du dich ansteckst, weil seine Viren in deinen Körper gelangen und die Krankheit auslösen.«

»Wie sollen die denn in mich reinkommen?«, fragt Carlotta und reibt sich die Augen. »Wenn sie doch so winzig sind.«

Sie sieht plötzlich müde aus.

»So«, sage ich leise. »Genau auf diese Art. Durch dein Auge zum Beispiel.«

Carlotta runzelt die Stirn.

»Und durch den Mund und die Nase auch ... Ich schwöre dir, das stimmt.«

»Aha ...«, sagt Carlotta zögerlich.

»Händewaschen und Abstand halten, das sagte auch die Bundeskanzlerin andauernd!«, fällt mir als Argument noch ein. »Und tausende Ärztinnen und Forscherinnen auch.«

»Oh!« Carlotta nickt. »In Ordnung, dann gieß mir bitte mal Wasser über die Hände und reich mir die Seife.«

»Okay, und du machst das mit dem Händewaschen auch wenn ich wieder weg bin, ja? Und du erklärst das Ganze deiner Mutter und

deinen Freundinnen und Frau Liebknecht und Frau Rosenthal und ...«

Carlotta wirft mir das Küchenhandtuch zu. »Ist gut, Tschali, jetzt beruhige dich und setz dich an den Ofen.«

Sie schiebt mir einen Stuhl zurecht und zeigt mir, wo ich meine eiskalten Füße an die heiße Wand drücken kann. Oh Mann, wie das guttut!

»He, fällt mir gerade ein, wegen Kohle: Bei uns gibt's eine Weltraumstation im All. Wenn man ultra viel Kohle hat, also Geld in dem Fall, kann man als Space-Tourist hinfliegen«, plappere ich los.

Und ärgere mich gleich darauf. Bringt ja niemandem was, wenn ich solche Sachen raushaue ...

»Jetzt hör aber auf zu spinnen, Tschali«, sagt Carlotta prompt und tippt sich an die Stirn. »Sonst glaube ich dir das mit dem Händewaschen auch nicht!«

Kapitel 5

Als das Wasser im Kessel kocht, kommt es mir vor, als ob meine Socken dampfen, so heiß sind meine Füße inzwischen.

Carlotta brüht den Tee in einer himmelblauen Kanne mit weißen Tupfen auf. Dann schlägt sie die Tischdecke zurück und stellt die Kanne und zwei Tassen auf den blanken Holztisch. Anschließend holt sie aus der Speisekammer einen Korb Kartoffeln. Sie reicht mir ein Schälmesser und platziert einen Topf und eine Porzellanschüssel zwischen uns.

Wir beginnen schweigend, die Kartoffeln zu schälen. Als ich immer noch an der ersten herumschnitze, hat Carlotta schon routiniert drei fertig. Ich glaube, ich habe in meinem ganzen Leben erst drei Kartoffeln geschält, kann das sein? Nach einer Weile schenkt mir Carlotta Tee ein.

»Kamille«, sagt sie.

Ich legte das Schälmesser beiseite und wärme mir an der Tasse die Hände. Mir ist oberhalb meiner angebrannten Füße immer noch kalt.

Durch das kleine Fenster dringt nur wenig Licht herein. Der Himmel ist grau und trüb.

»Sieht nach Schnee aus«, sagen wir im Chor und lachen.

»Schön, dass du da bist«, sagt Carlotta.

»Finde ich auch«, erwidere ich.

Verlegen nippe ich an meinem Tee und sehe Carlotta eine Weile beim Kartoffelschälen zu. Nicht mal Jelena bekommt das mit ihrem heißgeliebten Sparschäler aus dem Teleshopping so flink hin. Und Jelena kann sogar Apfelspiralen schneiden ... Plötzlich merke ich, dass ich unbändigen Hunger habe. Auf Kommando wird mir flau.

»Ich hab Wahnsinnshunger«, sage ich.

»Nicht so dick«, mahnt Carlotta mit strengem Blick auf die pommesdicken Schalen, die ich produziere. »Glücklicherweise habe ich Kost frei«, fügt sie hinzu.

»Kostfrei?«, wiederhole ich fragend.

»Kost-frei«, antwortet Carlotta. »Das bedeutet, dass in meinem Lohn ein Mittagessen enthalten ist«, erklärt sie. »Aber heute teile ich es natürlich mit dir.«

Wie auf Kommando knurrt mein Bauch.

»Nee, nee, auf keinen Fall, du bist eh so dünn und mickrig«, sage ich flapsig.

»Mickrig!« Carlotta lacht auf. »Mich mickrig finden, aber es nur mit Müh und Not schaffen, das bisschen Wasser raufzutragen. Schnauf, schnauf, schwitz!«

»Stimmt«, gebe ich zu. »Ich will dir aber nicht deine Portion wegessen. Ich krieg ja was, wenn ich wieder zu Hause bin. Jelena wollte heute Spagetti Bolognese machen.«

Mir läuft schon allein bei dem Wort das Wasser im Mund zusammen. Der Parmesankäse, frisch geraspelt, die kleinen Ringel, wie sie auf der Soße schmelzen ...

»Keine Sorge«, unterbricht Carlotta meinen Spagetti-Traum. »Der Professor merkt ohnehin nicht, ob ich zwei Kartoffeln mehr oder weniger verbrauche«, sagt sie, lässt die letzte ins Wasser plumpsen und trägt den Kochtopf zum Ofen.

»Wer ist Jelena und was ist Schbagettibollo-irgendwas?«, fragt sie.

»Jelena ist ... sowas wie meine dritte Oma. Und Spagetti Bolognese ist ... sind ...« Ich muss plötzlich überlegen. »Was Spezielles zum Essen«, ist jedoch alles, was ich rausbringe.

»Wer hätte das gedacht ...« Carlotta lacht.

Klar, sie muss denken, ich habe keine Lust auf genauere Erklärungen. Aber das stimmt nicht. Ich bin echt gerade nicht in der Lage zu erklären, was genau Spagetti sind und wie man sie … löffelt. Löffelt? Moment, Spagetti isst man doch auf eine ganz spezielle Art … Oder nicht? Ich komm nicht drauf. Vielleicht der Hunger. Ich beschließe, nicht weiter drüber nachzudenken. Das verbraucht nur noch mehr Kalorien. Also sehe ich Carlotta zu, die gerade mit einem Krug Milch in die Küche zurückkommt.

Mit einer Kelle schöpft sie die Sahne ab und gießt sie in eine Glasflasche. Sie gibt eine Prise Salz dazu und drückt einen Korken in den Flaschenhals.

»Hier«, sagt sie und reicht sie mir. »Mach mal die Butter. Ich brauche welche für die Soße.«

Verdutzt halte ich die Flasche fest. Durch das grüne Glas sieht die Sahne schön türkis aus. Wie war das: Mach mal die Butter? Wie macht man denn bitte Butter?

»Schütteln?«, sagt Carlotta, als ich mich nicht rühre. »So lang schütteln, hoch und runter, bis aus der Sahne Butter geworden ist. Kennst du nicht?«

»Oh, okay, klar«, sage ich und schüttle.

Ich schüttle, bis mein Arm lahm ist und mein Ohr wieder pocht. Ich schüttle trotzdem weiter. Da Carlotta nicht so aussieht, als ob sie einen Scherz gemacht hätte, bin ich ihrer Meinung nach wohl auf dem richtigen Weg.

Meiner Meinung nach nicht.

Wieso sollte da jetzt Butter draus werden? Ich schätze, da fehlt ein Zauberspruch oder so. Gerade als ich doch aufgeben will, merke ich, dass die Sahne tatsächlich anfängt zu klumpen. Ich stehe auf und schüttle wie wild weiter. Hammer, das gibt's ja gar nicht!

»Ist ja gut jetzt«, sagt Carlotta und nimmt mir die Flasche ab.

Erschöpft lasse ich mich auf den Stuhl zurücksinken und bekomme einen Hustenanfall. Klingt irgendwie nicht gut. Und tut weh. Hastig trinke ich vom Kamillentee.

Carlotta schleudert die weiche Butter mit einem kräftigen Ruck aus der Flasche, in ein Keramikschälchen. Sie streicht die Masse glatt und zieht mit der Gabel ein Muster auf die Oberfläche.

»So«, sagt sie zufrieden und lässt die Reste aus der Flasche in eine Pfanne gleiten.

Als die Butter geschmolzen ist, stäubt sie einen Esslöffel Mehl dazu. Es bildet sich eine Pampe, in die Carlotta Milch gießt. Das Ganze rührt sie mit einem Schneebesen so lang durch, bis eine dicke, weiße Soße in der Pfanne blubbt.

»Mehlschwitze«, erklärt Carlotta und schmeckt sie mit Salz und Pfeffer ab. »Die Kunst ist, sie so hinzukriegen, dass das Mehl keine Klümpchen bildet.«

Die Kunst ist, überhaupt sowas zu können, denke ich bewundernd. Als die Kartoffeln gar sind, deckt Carlotta den Tisch. Sie legt sie auf unsere Teller und gießt von der cremigen Soße darüber. Aus der Speisekammer holt sie zwei Scheiben braunes Brot und bestreicht sie mit der frischen Butter.

Ich kann es kaum erwarten, mit dem Essen anzufangen. Ich glaube, ich habe noch nie einen solchen Hunger gehabt. Nach ein paar Bissen geht es mir besser. Das warme Essen tut auch meinem Hals gut. Er schmerzt mehr, als ich zugeben will.

»Vielen Dank, es schmeckt total genial«, sage ich.

Es ist ein seltsames Gefühl, richtig doll Hunger zu haben und zu wissen, dass es nur diesen einen Teller mit Essen gibt. Deshalb genieße ich jeden Bissen ganz ausführlich und bin sowas von dankbar dafür. Als wir aufgegessen haben, zwinkern wir uns verschwörerisch zu und nehmen unsere Teller hoch, um sie abzuschlecken.

Danach verschwindet Carlotta verschwindet in der Speisekammer. Sie veranstaltet darin einiges Geschiebe und

Gerumpel und als sie wieder auftaucht, hat sie ein Einmachglas in der Hand.

»Das ist was ganz Neues«, erklärt sie. »Nennt man Einkochglas. Von der Firma *Weck*. Guck, extra mit Haltebügel ...« Vorsichtig löst sie die Klammern und hebt den Deckel ab. »Mirabellen, vom letzten Jahr. Ein Glas habe ich versteckt. Für besondere Anlässe. Ich wüsste wirklich keinen Anlass, der noch besonderer wäre, als dein Besuch heute, oder, Tschali?«

»Nä«, bestätige ich.

Um ehrlich zu sein, kann ich eingeweckte Früchte nicht ausstehen. Aber ich würde wohl jetzt auch einen Berg

Rosenkohl verspeisen, wenn Carlotta ihn mir zum Nachtisch anbieten würde.

Abwechselnd löffeln wir die süßen, glibbrigen Früchte aus dem Glas. Als nur noch der Saft übrig ist, verteilt Carlotta ihn auf zwei Gläser und verdünnt ihn mit Wasser.

Und jetzt weiß ich zumindest auch, woher das Wort ‚einwecken' kommt ...

Kapitel 6

Beim Aufräumen der Küche stellt mir Carlotta tausend Fragen. Besonders interessiert sie die Schule.

Ich bemühe mich, ihr alles so gut es geht zu beschreiben, ohne sie mit meinen Berichten total zu verwirren. Ich lasse den Kunstraum weg, die Sporthalle, das Computerzimmer und die Leih-Bücherei. Unsere Theater-AG, die Laptops und den Fernunterricht. Ja sogar die bunten Stifte, Mäppchen, Füller-Patronen und Tintenlöscher. Doch gerade als ich ihr von meiner Klassenlehrerin erzählen will, die total lieb ist und der von einem ganz bestimmten Radiergummiduft, nämlich Pistazie, immer schlecht wird, weil sie schwanger ist und wir weshalb keine Duftradiergummis mehr mitbringen dürfen, obwohl die gerade total in sind, will mir ihr Name nicht einfallen.

Ich krame in meinem Gehirn herum, aber ich komme einfach nicht drauf! Ich kann sie mir nicht mal mehr richtig vorstellen. Um nicht total blöd dazustehen, erfinde ich schließlich einen. Aber es fühlt sich nicht gut an und macht mich seltsam unsicher ... Aber zum Glück kann ich mir keine weiteren Gedanken dazu machen, denn wir hören den Professor heimkommen.

»Du bleibst besser erst mal hier«, raunt Carlotta und eilt aus der Küche.

Ich lasse ihr einen kleinen Vorsprung und schleiche dann zur angelehnten Küchentür. Durch den Spalt habe ich die Diele im Blick.

»Guten Tag, gnädiger Herr«, begrüßt Carlotta den Professor, macht einen Knicks und nimmt ihm Hut und Krücke ab.

Erst später erfahre ich, dass es sich bei dieser vermeintlichen Gehhilfe nur um einen eleganten Spazierstock handelt und wohlhabende Herren gerne damit herumlaufen. Carlotta stellt ihn in den Schirmständer und schlägt den Zylinder ein paar Mal kräftig gegen ihre Hand, um ihn vom Straßenstaub zu säubern, bevor sie ihn auf die Hutablage legt.

Der Professor schält sich aus seinem Mantel und reicht ihn Carlotta. Sie hängt ihn auf einen Bügel und fährt anschließend mit einer weichen Kleiderbürste darüber.

»Carolina-Kind, es riecht mal wieder köstlich«, lobt der Professor und rückt etwas in seinem Gesicht zurecht.

Es ist ein einziges, rundes Brillenglas, wie ich erkennen kann. Wie kann das nur halten? Ah, der Professor kneift die Augenbraue auf den Rand und zieht die Wange hoch. Dadurch sieht er aus, als würde er lächeln. Eigentlich gar nicht unsympathisch. Komisch nur, wie man so umständlich sein kann, sich, statt eine bequeme Brille zu tragen, ein einzelnes Glas vors Auge zu klemmen? Irgendwie erinnern mich meine Gedanken an eine Brille sofort an ... Wer trägt in meiner Familie auch eine? Ach ja, Papa. Wie bitte? Über diese Tatsache musste ich jetzt ernsthaft nachdenken? Ich schüttle den Kopf. Er tut weh.

Professor Grüning greift in die Tasche seiner Weste und zieht eine Taschenuhr hervor. Mit einem Schlenker des Handgelenkes klappt er den Uhrendeckel auf.

»Ich möchte in zehn Minuten im Salon zu speisen«, sagt er und lässt die Uhr wieder zuschnappen.

»Wie Sie wünschen«, antwortet Carlotta, macht erneut ein Knicks und will gerade in die Küche zurückgehen, als ihr etwas einzufallen scheint.

»Herr Professor, wenn ich mir eine Bemerkung erlauben dürfte: Nach neuesten wissenschaftlichen Erkenntnissen der Volkshygieneforschung ist es neuerdings ratsam, sich mehrmals am Tage gründlich die Hände zu reinigen, da sich gefährliche Krankheitserreger darauf befinden können, die durch Nase, Mund und Augen in den Körper gelangen, um dort ihr zerstörerisches Werk zu verrichten, wie beispielsweise die gefürchtete, und in den meisten Fällen tödliche, Wintergrippe auszulösen.« Carlotta holt tief Luft.

WO-HO-HOW! Das war mutig. Und wie sie das Ganze ausgedrückt hat! Tausendmal besser als ich.

Der Professor betrachtet Carlotta, als habe er sie noch nie gesehen, wechselt das Monokel (so nennt man diese Einglasbrille) von einem Auge aufs andere und sagt schließlich: »Erstaunlich, ganz erstaunlich. Hält der Kaiser diese neumodische Maßnahme ebenfalls für sinnvoll?«

»Aber nein, gnädiger Herr«, ruft Carlotta entrüstet. »Der Kaiser betrachtet diese Maßnahme als groben, neumodischen Unfug!«

Ich reiße entsetzt die Augen auf. Nein, ganz falsche Taktik!

Doch der Professor nickt zufrieden.

»Gut, bravo«, sagt er. »Dann werde ich deinem Ansinnen gerne folgen und mir die Hände waschen gehen.«

Carlotta scheint ihren Professor gut zu kennen. Rasch husche ich in die Speisekammer und kauere mich hinter den staubigen Kartoffelsack. Jetzt nur nicht niesen!

»Es wird wirklich Zeit, dass wir in diesem Hause endlich Wasserleitungen bekommen ... Bring das nächste Mal vom Einkaufen doch bitte eine parfümierte Seife mit, Carola«, höre ich den Professor sagen, als Carlotta Wasser aus dem Eimer schöpft. »Sich kaiserlichen Anordnungen zu widersetzen macht damit sicherlich doppelt so viel Freude«, schmunzelt er.

»He, dein Professor ist doch ganz nett«, flüstere ich, als er gegangen ist. »Und überhaupt nicht alt! Jedenfalls nicht steinalt.«

»Nein?«, fragt Carlotta erstaunt.

»Nee, der ist doch höchstens fünfzig, schätze ich. »Wie Papa. Mama ist genau ... äh, jünger halt. Aber alt ist man mit achtzig. Und steinalt ist zwischen neunzig und hundert, finde ich.«

»Interessant«, sagt Carlotta und bestückt weiter ein Tablett. Teller, Besteck, Stoffserviette mit silbernem Serviettenring, Brotkörbchen und Butter. Sie stellt noch ein Wasser- und ein Weinglas dazu und füllt die Soße in ein Kännchen. Dann trägt sie das Tablett in den Salon. Mit den

Kartoffeln, einer Wasserkaraffe und einer Flasche Wein, geht sie ein zweites Mal. Ich husche wieder zur Tür, um zu lauschen.

»Ich wünsche einen guten Appetit, der Herr«, sagt sie.

Kurz darauf erklingt Klaviermusik.

Zwischen den Tönen knackt und rauscht es. Carlotta kommt in die Küche getanzt.

»Oh, ich liebe es, wenn er das Grammophon einschaltet. Ist das nicht ein Ohrenschmaus? Professor Grüning mag alles, was gewagt und modern klingt!«

Schon verrückt, was Carlotta modern nennt, ist bei uns das genaue Gegenteil, nämlich Klassische Musik. Wenn sie wüsste, was bei uns aus dem Radio kommt ...

Wir setzen uns wieder und Carlotta erledigt Näharbeiten. In einem Körbchen hat sie verschiedene Wollfäden und Nähgarne, einen winzigen Fingerhut und verschiedene Stick- und Stopfnadeln.

Sie nimmt eine schwarze Herrensocke zur Hand und lässt ein hölzernes Ei hinein gleiten. Die Socke hat vorne ein großes Loch, ich sehe das Holz durch das zerfranste Garn schimmern. Carlotta spannt die Socke über das Stopfei und zieht kunstvoll neue Fäden ein, bis das Loch nicht mehr zu sehen ist.

Beim Zusehen fällt mir ein, dass jemand aus meiner Familie auch ein Nähkästchen besitzt. Früher konnte ich mich an der bunten Knopfsammlung nicht sattsehen.

»Das erinnert mich an ... meine ... meine ... die, äh, wir hatten eine Knopfsammlung ...«, sage ich lahm und spüre einen Knoten im Magen.

Was geht hier eigentlich ab? Meine Gedächtnislücken machen mich echt ratlos. Sowas habe ich noch nie gefühlt. Klar erinnere ich mich manchmal an irgendwas nicht mehr, aber ich vergesse doch nicht so wichtige Sachen! Und merke sogar noch, dass ich sie vergessen habe, weil ich die

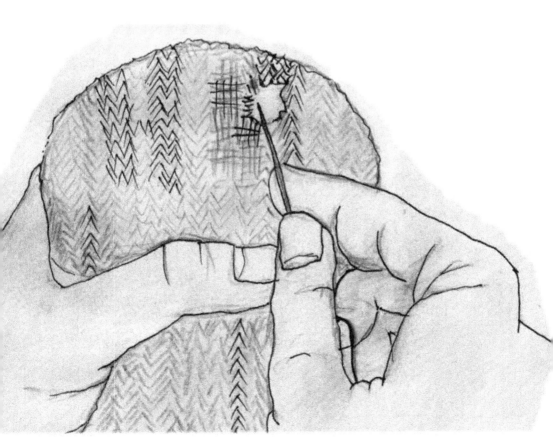

Schublade zur Erinnerung einfach nicht aufkriege. Sozusagen. Ich seufze lauter als beabsichtigt.

»Sag«, meint Carlotta, aber ich winke ab. »Doch, irgendwas bekümmert dich, das kann ich doch sehen.« Sie legt das Nähzeug beiseite und kommt mit ihrem Stuhl zu mir herüber. Dann legt sie mir den Arm um die Schultern. »Heimweh?«, fragt sie.

Ich nicke und schaudere. Mir ist schon wieder kalt. Obwohl Heimweh es ja nicht wirklich trifft. Aber ich will jetzt nicht drüber nachdenken. Wie gruselig, wer weiß, was ich noch alles vergessen haben könnte …

»Wir warten noch, bis der Professor gespeist hat, dann reden wir mit ihm, ja? Er ist der Einzige, der mir einfällt, den wir um Rat bitten könnten«, sagt Carlotta beruhigend.

Sie streicht mir eine Strähne unter den Haarreif zurück. Als ihre Hand dabei meine Stirn berührt, zuckt sie zurück und legt sie gleich nochmal darauf.

»Hast du Fieber, Tschali?«

»Nee, das kommt bestimmt von der ganzen Aufregung«, sage ich und wie auf Kommando überkommt mich schon wieder ein Hustenreiz, der so stark ist, dass ich ihn unmöglich unterdrücken kann. Ich halte mich an der Tischkante fest und bemühe mich, so flach wie möglich zu atmen. Doch mein Husten klingt bellend und tut höllisch weh. Mein Ohr pocht im Rhythmus meines Herzschlags. Carlotta sieht angespannt zur Küchentür und prompt ertönt die Stimme des Professors:

»Carlotta, komm doch bitte einmal in den Salon.«

Oh je, jetzt habe ich es versaut! Der Professor sollte es doch schonend und behutsam erfahren. Was, wenn er jetzt sauer ist? Wenn er Carlotta rausschmeißt? Und ich wäre auch noch schuld dran! Aber wie soll ich ohne Hilfe jemals wieder nach Hause kommen?

Ich sehne mich plötzlich so sehr nach ... Mutter. Nein, ich nenne sie doch nicht Mutter! Wie sage ich noch gleich ...? Mutti? Schlagartig wird mir bewusst, dass ich nicht nur ihren Namen nicht mehr weiß, sondern sie mir auch nicht mehr richtig vorstellen kann. Kein Bild! Da ist kein Bild mehr von meiner Mutter! Das darf doch überhaupt nicht sein! Ich versuche es mit ... Vater. Aber auch meinen Vater sehe ich nicht mehr deutlich.

Ich kann vor Angst kaum noch atmen. Mich überkommt eine fürchterliche Hilflosigkeit. Ich lege den Kopf auf die Arme und schluchze. Aus Verzweiflung, aus Ratlosigkeit. Immer wieder wird mein Weinen von Hustenanfällen unterbrochen.

Ich fühle mich so verloren, wie noch nie in meinem Leben. Und jetzt habe ich wahrscheinlich auch noch Carlottas versaut.

Ich spüre eine warme Hand auf dem Rücken.

»Und, was hat er gesagt?«, schluchze ich. »Bist du entlassen worden? Es tut mir so leid! Und alles nur, weil ich durch die Zeit gefallen bin!«

»Er sagt erstens, dass es zweifelsohne eine haarsträubende Geschichte ist, die mir Carlotta da erzählt hat. Er sagt zweitens, dass er von Natur aus so neugierig ist, dass er unbedingt mehr darüber erfahren möchte. Und er sagt drittens, dass er niemals so dumm wäre, das beste Stubenmädchen der ganzen Welt zu entlassen!«, sagt eine Stimme.

Ich springe auf und schwanke ein wenig vor Schwindel. Carlotta hält mich fest.

Professor Grüning zieht an einer Pfeife und sieht mich nachdenklich an. Gedankenverloren wiegt er den Kopf. Mein Herz klopft zum Zerspringen. Da fällt mir ein, einen Knicks zu machen. Toll, ich weiß nicht mal, wie der ordentlich geht.

»Sehr erfreut«, murmle ich und wippe kurz irgendwie leicht in den Knien.

Dann starre ich einfach auf den karierten Küchenfußboden und warte ab, welches Urteil der Professor fällen wird.

»Famos, ganz famos. Das verspricht ein aufschlussreicher Nachmittag zu werden«, sagt er nach einer gefühlten Ewigkeit. »Ich sehe euch in fünf Minuten in meinem Studierzimmer. Carola, bring Mokka für mich und Milch für euch, oder was Kinder sonst so trinken. Ach, und haben wir nicht noch von diesen kleinen, süßen Gebäckstücken, du weißt schon welche ...«

Vergnügt reibt sich der Professor die Hände, betrachtet mich noch einmal von oben bis unten, dreht sich um und verlässt die Küche. Carlotta und ich stoßen die Luft aus und umarmen uns.

»Es wird sich alles zum Guten wenden«, murmelt Carlotta und streicht mir über den Rücken.

Ein bisschen zu ruppig stoße ich sie von mir. Wie kann ich nur so doof sein? Fällt mir erst jetzt auf! Ich sollte mich verdammt nochmal an meine eigenen Hygienevorschriften halten!

»He!«, sagt Carlotta.

»Sorry, ich will dich nur nicht anstecken, du musst weg bleiben von mir«, japse ich. »Wir sollten querlüften, weil ich so stark gehustet habe.«

Carlotta zieht die Augenbrauen hoch und öffnet das Fenster. Prompt bekomme ich einen Zitteranfall.

»Ts«, sagt Carlotta, schließt es wieder und macht sich daran, Kaffee aufzubrühen.

Reflexhaft werfe ich einen Blick auf die Armbanduhr, wie üblich, wenn jemand das Wort Minuten oder Stunden verwendet. Zum Glück, alles wie gehabt, nur der Sekundenzeiger bewegt sich, die anderen hängen immer noch zum Zeitpunkt meines Verschwindens fest: Sieben Minuten nach zehn Uhr.

Carlotta holt das gewünschte Gebäck und eine kleine Papiertüte mit Kakao aus der Speisekammer. Sie kocht heiße Schokolade und befüllt das Tablett.

Diesmal komme ich mit, als sie es aus der Küche trägt.

Kapitel 7

Professor Grünings Studierzimmer ist die reinste Bibliothek. Bis an die Decke reichen die Regale mit den prächtigen Büchern. Sie haben dicke Einbände, ist das Leder? Sowas habe ich noch nie gesehen. Der Professor sitzt an einem gewaltigen Schreibtisch und raucht Pfeife. Vor ihm liegen aufgeschlagene Bücher, Notizen, Zeitungen, lose Blätter, ein Tintenglas mit Federhalter und stapelweise Schreibhefte. Außerdem fällt mir sofort der Globus auf, der aussieht, als ob die Erde nur aus Gebirgen und Wüsten bestünde: Überall dunkelbraungraugrüne Flecken, die ineinander übergehen. Kein Vergleich zu meinem, der sogar die verschiedenen Meerestiefen anzeigt und nachts so strahlend blau leuchtet, als schwebe die Erdkugel im Weltall umher. Ich denke mal, der Globus auf dem Schreibtisch des Professors ist vermutlich das neueste Modell, und es hat ja wahrscheinlich bis dahin noch kein Mensch je die

Erde von derart weit oben betrachten können, um sie in all ihrer Pracht nachzubilden. Mir wird schwer ums Herz und ich schlucke den Kloß im Hals hinunter, um nicht wieder in Tränen auszubrechen, weil all das gerade ein bisschen viel ist.

Diejenigen Bücher, die in den Regalen keinen Platz mehr gefunden haben, liegen auf dem Boden, lehnen neben dem Sofa, bedecken einen Großteil des Fußbodens, stapeln sich auf den Sitzflächen der Sessel und türmen sich auf dem kleinen, runden Tisch, auf den Carlotta gerade ihr Tablett abzustellen versucht.

Ich eile ihr zu Hilfe und nehme die Bücher hoch. Sie sind unglaublich schwer und erscheinen mir sehr kostbar. Vorsichtig lege ich sie auf einen freien Fleck neben einen Fußschemel. Mir fällt auf, dass einer der Lesesessel so platziert ist, dass man aus dem Fenster sehen kann. Ich werfe einen flüchtigen Blick hinaus.

Klar, der Ausblick kommt mir bekannt vor, man sieht einen Teil des Münsters, nur die Baumwipfel der Linden fehlen. Ja, an dieser Stelle steht in Dr. Yilmaz Praxis der Zahnarztstuhl! Noch vor ein paar Wochen bin ich zur Behandlung dort gewesen. Ich fahre mit der Zunge den Unterkiefer entlang und ertastete die Stelle mit der Füllung.

Dass ich mich wenigstens daran entsinnen kann, macht mir wieder ein bisschen Mut.

Professor Grüning schaltet eine Schreibtischlampe mit einem Schirm aus grünem Glas ein. Gleich wirkt das Zimmer noch behaglicher.

»Das Wunder der Elektrizität«, murmelt er. »Immer wieder schön.«

Er erhebt sich aus dem Schreibtischsessel und kommt zur Sitzecke hinüber, wo wir artig nebeneinanderstehen. Ich taste nach Carlottas Hand.

»Soso, du bist also durch die Zeit gefallen«, sagt er. »Das gefällt mir, das gefällt mir sogar außerordentlich. Sei so freundlich und schenke uns die Getränke ein«, wendet er sich an Carlotta.

Carlotta haucht »Sehr wohl« und der Professor beginnt, in einem Kreis um mich herum zu laufen, als sei ich ein seltenes Ausstellungsstück. Ab und an beugt er sich vor, um sich irgendetwas genauer anzusehen. Den Haarreif, die Trägerverschlüsse der Latzhose, meine Feen-Uhr. Während seiner Musterung pafft er gedankenverloren an der Pfeife und nebelt mich mit dem Rauch ein.

Ich weiß auch nicht, was in mich fährt, aber ich mache tatsächlich den Mund auf und raus kommt dies:

»Rauchen ist übrigens total schädlich für die Gesundheit! Davon kriegt man Lungenkrebs und andere schlimme Sachen. Bei uns darf nirgendwo mehr geraucht werden. Auch nicht im Restaurant oder im Zug oder im Flugzeug oder auf dem Bahnhof. Nur noch zu Hause. Und da soll man auch nicht rauchen, weil dann andere den Rauch einatmen müssen. Das nennt man, dings, Pa ... Passivrauchen! Vor allem für Kinder ist das unheimlich schädlich. Schwangere sollen auch auf keinen Fall rauchen, weil das für das Gehirn vom Baby schlecht ist. Und Pfeife rauchen ist besonders bescheuert, weil man davon auch an der Zunge und im Mund und im Hals Krebs kriegen kann, denn an der Pfeife ist ja kein Filter dran. Der Freund von meinem ... meinem ... jedenfalls ein Freund hatte das. Sie haben ihm den Kehlkopf raus operiert und die Stimmbänder und immer, wenn er jetzt reden will, muss er ein Gerät an das Loch hier drin halten«, ich zeige auf meinen Hals. »Und dann klingt seine Stimme wie von nem Roboter. Seine Atmung klingt so: *Heechrr, chrraaa, heechrr, chrraa!*«

Der Professor starrt mich an. Er starrt mich furchtbar lang an und ich möchte augenblicklich losheulen. Super gemacht, Lehmanns Charlotte, geh mal ans Kärtchen und such dein Zuhause! Aber allein! Ich werfe Carlotta hilflose und entschuldigende Blicke zu, und sie zieht die Schultern zusammen.

Doch da lacht der Professor los, so schallend, dass ihm das Monokel aus dem Gesicht springt und auf dem Teppich landet. Er hebt es auf, bleibt mit auf den Knien gestützten Händen stehen, kichert und japst, als hätte ich ihm den Witz des Jahrhunderts erzählt - was ich vielleicht auch habe, aber was weiß ich schon. Als er sich wieder beruhigt

hat, wischt er sich mit einem Taschentuch die Lachtränen aus den Augenwinkeln.

»Wie heißt du noch gleich?«, fragt er.

»Charlotte Lehmann, aber alle sagen Charlie, außer mein ... äh ...«, antwortete ich leise. »Tut mir übrigens leid, dass ich ...«

»Charlotte, wenn ich mir zu Beginn auch unsicher war, was ich von der Geschichte zu halten habe, so hast du eben selbst den Beweis geliefert. Nein, du bist kein Kind unserer Zeit. Man darf nicht rauchen? Es gibt Flugmaschinen, Roboter und Sprechapparate? Das ist verrückt und scheint völlig unmöglich! Lasst uns Platz nehmen.«

Carlotta besteht darauf, dass ich mich auf die Chaiselongue lege. »Sie ist durch eine Krankheit geschwächt«, erklärt sie dem Professor.

Wie um sie zu bestätigen, schüttelt mich ein schlimmer Hustenanfall. Ich keuche in meine Armbeuge. Mein Atem pfeift und das Luftholen fällt mir schwerer als sonst. Beim Schlucken kommt es mir vor, als müsste der Speichel an einem Flummi vorbeirutschen, der vor der Speiseröhre festsitzt. Oder als sei mein Hals irgendwie zugeschwollen. Mühsam schlucke ich an dem Geglubsche in meinem Rachen herum.

Der Professor räumt die Bücher von seinem Sessel und lässt sich hineinfallen.

»Du trägst eine ungewöhnliche Bekleidung für eine junge Dame«, meint er. »Ich nehme schon an, du bist eine junge Dame und kein Knabe?«

»Nee«, sage ich. »Also ja, ich bin ein Mädchen.«

»Wie nennt man den Stoff deiner Hose?«, fragt er.

»Jeans«, antworte ich, froh, dass der Professor mit einfachen Fragen anfängt. »Das hat jemand in Amerika erfunden, also USA, für die Goldgräber. Deswegen haben die Taschen alle diese Nieten in den Ecken. So konnten sich die Goldsucher mehr Goldbrocken in die Taschen stecken, ohne dass die Nähte dauernd aufgerissen sind. Das haben wir in der Schule gelernt«, füge ich hinzu.

»Amerika, USA, soso«, sagt er.

Ich habe den Eindruck, Professor Grüning will mich einer Prüfung unterziehen, bevor er mir so richtig Glauben schenken kann. Aber wie will er überhaupt nachprüfen, ob es auch wirklich stimmt, was ich ihm antworte? Es kann genauso gut sein, dass er annimmt, ich würde mir alles nur ausdenken und ihm was vom Pferd erzählen. Ich habe ja keinen einzigen echten Beweis, nur mich selbst. Hoffentlich geht das gut …

Ich stecke nervös meine eiskalten Hände in die Taschen. In der rechten ertaste ich eine Büroklammer. Ich umschließe sie fest mit der Hand.

»Sag mir, wie der Präsident von Amerika heißt«, sagt Professor Grüning.

Da hat er mich jetzt kalt erwischt. Ich habe keinen Schimmer. Zwar sind mir Bilder aus dem Fernsehen noch vor Augen, aber ... doch, Moment!

»Wahlen, da waren Wahlen in den USA ... Der neue Präsident hat weiße Haare, davor der hatte gelbe. Nee, so orangene, den konnte niemand leiden. Und die Vizepräsidentin ist eine Frau.«

»In ihrem Jahr hat Tschali auch keinen Kaiser mehr, sondern hatte ganz lange eine Kanzlerin. Also auch eine Frau«, sagt Carlotta.

Der Professor sieht entzückt aus.

»Frauen regieren das Großdeutsche Reich und die amerikanische Nation. Hurra, welch ein Fortschritt«, freut er sich.

Ich ziehe die Hand aus der Tasche und reiche dem Professor die Büroklammer. Es ist eine hellblaue.

»Hier, ich hoffe, dass es bei Ihnen noch keine Büroklammern gibt. Vielleicht können Sie die ja erfinden, sozusagen.

Man kann damit mehrere Papiere zusammenheften«, erkläre ich.

Der Professor dreht sie bewundernd hin und her.

»So einfach und doch so raffiniert«, sagt er anerkennend. »Ich danke dir für dieses Geschenk aus der Zukunft.«

Der Professor legt seine Pfeife in einen gläsernen Aschenbecher und nimmt sich eine Tasse Kaffee. Das ist der Startschuss für Carlotta und mich. Wir ergreifen unsere Tassen mit der heißen Milch und greifen in die Dose mit den Keksen. Darin berühren sich unsere Hände. Ein Stückchen Herzenswärme springt wie ein Funke zwischen uns hin und her.

Nachdem wir ein paar Schlucke getrunken haben, lässt sich der Professor alles ganz genau berichten. Carlotta und ich wechseln uns mit dem Reden ab und jede erzählt ihre Version der Ereignisse.

Der Professor nickt, trinkt Kaffee, isst Gebäck, stopft sich die Pfeife neu, raucht, trinkt wieder Kaffee. Als wir geendet haben, sieht er nachdenklich aus dem Fenster.

»Wie groß sind die Linden inzwischen?«, fragt er. Seine Worte klingen traurig. Nein, anders. Schwermütig irgendwie. »Hier wurden sie erst letztes Jahr gepflanzt. Und dieses Jahr standen sie bereits in voller Blüte.«

»Im Sommer können die Patienten von Dr. Yilmaz in die grünen Baumkronen schauen«, sage ich und erkläre ihm, dass aus seiner Wohnung eine Zahnarztpraxis geworden ist.

»Welcher Landsmann ist der Doktor?«, will der Professor wissen.

»Er ist Türke, glaube ich.«

»Wieso lebt er dann im Großdeutschen Reich und nicht in seiner Heimat, dem Osmanischen Reich?«

»Also wir sagen ja Deutschland dazu. Und in Deutschland leben Menschen aus total vielen Ländern. In meiner Schule gibt's Kinder aus Syrien, Japan, Afrika und ...«, zähle ich auf. Ich weiß, dass wir noch mehr Nationalitäten haben, aber ich kriege sie nicht zusammen.

»Ich bekomme noch Kopfschmerzen«, murmelt der Professor und massiert sich die Stirn. »Nun, ich werde meinen persönlichen Wissensdurst leider zurückstellen müssen. Obwohl ich zugeben muss, dass dieser Fall so außergewöhnlich ist, dass ich dich gerne noch stundenlang befragen würde. Die Linden ... bis hier oben! Gut, also, dies ist ein bedeutender Tag für die ‚Gesellschaft Eigentümlicher Zeitphänomene', kurz GEZ genannt. Ich will euch etwas verraten: Niemals, niemals hätte ich es für möglich gehalten, dass ich tatsächlich Zeuge von einer Zeitreise werde. Aber, und nun verrate ich euch noch etwas: Dass so etwas möglich ist, vermute ich schon sehr lange. Bei meinen Forschungen beschäftige ich mich immer wieder mit dem Phänomen der Zeitreise. Ich war immer zutiefst davon überzeugt, dass sie funktioniert.« Er wechselt seine Pfeife von einer Hand in die andere und redet weiter. »Nun Kinder, was ich aus all den Gerüchten, Erzählungen und Geschichten weiß, die übers Zeitreisen verbreitet werden, ist Folgendes: Es gibt nur eine Möglichkeit, wie wir dich wieder in die Zukunft bringen können.« Er sieht uns ernst an. »Nur wenn wir es schaffen, exakt dieselben Bedingungen erneut herzustellen, welche in dem Moment herrschten, als du durch die Zeit fielst, könntest du wieder zurück gelangen. Das ist unsere einzige Chance.«

Carlotta drückt meine Hand.

»Außerdem müssen wir herausfinden, durch was dieses Phänomen ausgelöst wurde. Was deine Zeitreise ermöglichte«, ergänzt Professor Grüning.

Er geht zum Schreibtisch. Während wir die letzten Kekse essen, macht er sich Notizen, schiebt verschiedene Aufzeichnungen hin und her und brummelt dabei vor sich hin. Schließlich betätigt er eine ratternde Rechenmaschine, vermisst irgendwas mit Lineal und Zirkel, holt mehrere Ledermappen mit zerfledderten Papierzetteln aus seiner Schreibtischschublade, starrt in die Luft ... und fängt mit allem wieder von vorne an.

Carlotta und ich tauschen beunruhigte Blicke. Ob das wirklich zu was führt? Irgendwann hören wir, dass der Professor beim Grübeln »Wahrhaftig!«, »Sagenhaft« oder »Außergewöhnlich« vor sich hinmurmelt und wir atmen ein wenig auf. Schließlich werden seine Bewegungen hektischer und aufgeregter. Er springt auf, läuft zu einem der zahlreichen Regale und liest in einem Buch herum. Er schreibt eine Notiz, schlägt ein noch dickeres Buch auf, setzt sich wieder, nickt, springt auf, und brüllt schließlich:

»Großer Gott, das ist es! Zeitschwestern! Ihr seid Zeitschwestern!!!«

Carlotta legt einen Arm um mich.

ZEITSCHWESTERN? Was sind denn Zeitschwestern, will ich fragen, lasse es aber einfach.

»Tschali«, flüstert Carlotta stattdessen, »das ist das kuhlste, was ich je erlebt habe.«

»Potz Teufel, in der Tat, ihr Mädchen seid Zeitschwestern«, wiederholt der Professor begeistert. »Welch ein Tag!«

»Und was heißt das jetzt?«, murmle ich schwach.

»Ganz einfach, kleines Fräulein«, freut sich der Professor. »Etwas schier Unglaubliches ist euch geschehen. Da sitzt am 13. November des Jahres 2021 ein junges Mädchen namens Charlotte in ihrer Kammer an einem Tisch. Es ist kurz nach zehn Uhr morgens. Das Mädchen Charlotte ist ausnahmsweise nicht in der Schule. Sie ist elf Jahre alt, hat keine Geschwister und ist am 12. Februar geboren. Sie wohnt in einem Haus, das es vor über hundert Jahren auch schon gab und sieht aus einem Fenster, das es ebenfalls schon gab. Sie starrt also gedankenverloren auf die Turmuhr eines Glockenturms, der dort schon stand, als ich noch ein kleiner Junge war. Und dessen Uhr übrigens schon seit Menschengedenken ...«

»... sieben Minuten spinnt«, rufen wir.

»Exakt«, bestätigt Professor Grüning. »Was niemanden zu stören scheint und kaum jemandem auffällt. So, und nun betrachten wir die andere Seite: Im Jahr 1900 sitzt heute Morgen, am 13. November, ebenfalls ein junges Mädchen namens Carlotta in ihrer Kammer an einem Tisch vor dem Fenster. Es ist kurz nach zehn Uhr. Auch sie ist ausnahmsweise nicht in der Schule. Sie ist elf Jahre alt und hat ebenfalls am 12. Februar Geburtstag. Sie wohnt im selben Haus, in derselben Kammer, schaut aus demselben

Fenster, auf dieselbe Turmuhr, desselben Münsters! Merkt ihr was? Ihr beide tut genau das GLEICHE und ZWAR IM SELBEN AUGENBLICK, nur die klitzekleine Winzigkeit von hunderteinundzwanzig Jahren voneinander getrennt. Charlotte hat in die Vergangenheit geblickt ... und Carlotta in die Zukunft!« Der Professor hält inne.

Eine Gänsehaut läuft mir kalt den Rücken hinunter. Nicht wegen der Erkenntnis des Professors, soweit waren Carlotta und ich ja ungefähr auch schon gewesen, aber die andere Sache wird mir immer klarer. Wir sind Schwestern? Okay, nicht richtige Schwestern, aber dafür umso Außergewöhnlichere? Zeitschwestern!?

»Kinder«, fährt der Professor fort. »Wie wahrscheinlich ist es, dass man zu genau der gleichen Zeit etwas tut, das jemand anderes vor hunderteinundzwanzig Jahren zum selben Zeitpunkt auch getan hat? Dabei noch gleich alt ist, am selben Tag Geburtstag hat, fast gleich heißt, im selben Zimmer sitzt, denselben Ausblick hat und auf dasselbe schaut?«, ruft der Professor. »Möglicherweise funktioniert die Rückreise genauso.«

Ich kann die Begeisterung des Professors nicht hundertprozentig teilen ... Möglicherweise? Nur möglicherweise? Meine Gedanken überstürzen sich. Und überhaupt, an seiner Überlegung stimmt doch was nicht. Erstens, was, wenn gar keine Rückreise vorgesehen ist? Zweitens, wenn doch, wartet in der Zukunft keine Zeitschwester auf mich. Also wie sollen wir die Ausgangsbedingungen wieder herstellen? In meinem Zimmer ist niemand. Oder? Moment, da war doch was? Jemand will ... wollte mir was zeigen ... aber wer? Und was? Und überhaupt mein Zimmer ... Mein Zimmer ist völlig aus meiner Vorstellung verschwunden. Einfach weg. Wie sieht es aus, wo steht das Bett? Ich überlege und überlege, aber ich finde nicht die kleinste Erinnerung an mein eigenes Zimmer! Aus dem ich gerade ein paar Stunden verschwunden bin? Das ist echt gruselig. Spooky, aber richtig heftig. Die Erinnerungslücken werden schlimmer und ich weiß einfach nicht warum.

»Carlotta, ich kann mich kaum mehr an zu Hause erinnern«, stoße ich hervor.

»Was?«, ruft sie und sieht den Professor fragend an.

»Aha, aha, aha«, sagt er und schreibt etwas auf. »Nun, ich verstehe. Die Gefahren des Zeitreisens sind nicht zu unterschätzen. Gerät man zu weit von der Zukunft weg, kann man sich nicht mehr an die Vergangenheit erinnern. Oder anders gesagt, je weiter man sich von seiner Zeit entfernt, desto spärlicher werden die Erinnerungen. Ich denke, es ist so: Eines schönen Tages wacht man auf und weiß überhaupt nicht mehr, dass man woanders hingehört!«

»Na super«, seufze ich.

»Ach welch ein Unsinn, Sie machen dem armen Kind bloß Angst!«, schimpft Carlotta empört.

Ich sehe, wie der Professor den Kopf schüttelt und versuche, mich zusammenzureißen. Zur Ablenkung schaue ich auf die Uhr. Alles in Ordnung soweit. Wenigstens muss ich mir keine Sorgen machen, dass ich Zuhause vermisst werde. Glaub ich zumindest … Ist ja auch nur so eine Theorie, die ich mir zusammengedichtet habe. Vielleicht ist in meiner Welt schon die Hölle los? Mit Panik und Polizei … nichtdrandenken, nichtdrandenken …

»Okay, aber trotzdem …«, sage ich und schlucke die Tränen hinunter. »Entschuldigung, aber mal ehrlich, diese Umgekehrt-Sache ist total Banane, das haut hinten und vorne nicht hin.«

Carlotta nickt energisch. Sie sieht aufgebracht und beunruhigt aus.

»Professor Grüning, mit Verlaub, aber es stimmt, was Tschali sagt, der Plan hat einen Haken«, bestätigt sie. »Und wenn Sie recht haben und das mit dem Vergessen so weiter geht, können wir's sowieso sein lassen, weil Tschali dann ohnehin nicht mehr nach Hause will, da sie sich an überhaupt keines mehr erinnern kann!«

Carlottas drängende Worte machen mir klar, wie sehr die Zeit wirklich drängt.

Ich muss dringend zurück, egal wie, solange es in meinem Kopf noch ein Zuhause gibt!

Kapitel 8

Den Rest des Nachmittags knobeln wir an Möglichkeiten und Wahrscheinlichkeiten für meine Rückreise herum. Unsere Köpfe rauchen und die Stimmung ist mies.

Als draußen die Turmuhr schlägt, sieht Professor Grüning zum Vergleich auf seine Taschenuhr.

»Fünf Uhr abends. Wir werden es heute nicht mehr versuchen können.«

»Warum nicht«, protestiert Carlotta. »Wir brauchen die gleichen Bedingungen, haben Sie gesagt. Es gibt auch ein zehn Uhr in der Nacht, wir könnten es um zehn Uhr nachts probieren!«

»Sehr kluger Einwand, aber es ist draußen bereits dunkel. Schon jetzt kann man die Turmuhr von deiner Kammer aus nicht mehr erkennen. Wir müssen uns bis morgen gedulden. Vielleicht gibt uns Charlottes Uhr ja einen Hinweis. Beginnen die anderen Zeiger wieder, sich zu drehen, öffnet sich möglicherweise eine Art Rückreisezeitfenster. So bliebe uns ein wenig Zeit, mehrere Versuche zu unternehmen. Wenn ich nur draufkäme, was du dabei tun musst ... Verflixt, nur die Kirchturmuhr anzustarren, das wird nicht genügen ... Zumal in der Zukunft ja nicht jemand exakt dasselbe tut, wie ihr sehr richtig angemerkt habt. Ein großer Unsicherheitsfaktor ...«

»Ach Scheiße, außerdem macht die Turmuhr nachts nicht diesen Sprung, zumindest nicht in meiner...«, murmle ich und werde unterbrochen.

»Sag mir, wie ist der Vorname deiner verehrten Frau Mutter?«, fragt der Professor.

»Was weiß ich, ey«, rutscht es mir flapsig heraus.

Carlotta und der Professor sehen mich betroffen an. Was war denn jetzt schon wieder nicht richtig? Sind die beiden denn nicht froh, dass mir meine Erinnerungslücken immer weniger was ausmachen? Ist doch gut, dass ich mich nicht mehr so schrecklich dabei fühle, sondern nur ein wenig unwohl, oder? Und diese komische Leere, die in mir ist, wenn ich an meine Eltern denke, die kann ich locker überspielen. Ganz easy.

»Welchen Beruf hat dein werter Herr Papa?«, hakt der Professor nach. Er betont Papa auf dem letzten A.

»Herr Papaaa, Herr Papaaa ...«, wiederhole ich, den neuen Wortklang ausprobierend und spiele mit dem Haarreif herum. »Sagen Sie, Herr Professor, haben Sie die Bücher hier alle gelesen?«

Carlotta und der Professor wechseln einen Blick.

»Es geht los«, flüstert Carlotta. »Sie fängt an es zu überspielen.«

»Was geht los?«, frage ich.

»ICH muss los, mein Dienst endet«, sagt Carlotta.

»Hmr, hmr«, räuspert sich der Professor und fährt mit fröhlicher Stimme fort: »Stimmt, Dienstschluss. Nun, vielleicht ist es Charlottes Gesundheitszustand zuträglicher, wenn sich die beiden jungen Damen ein wenig an der frischen Luft ergingen und dabei Zerstreuung fänden. Was haltet ihr davon? Ja, Ablenkung scheint mir jetzt das Richtige zu sein.« Er räuspert sich erneut und fügt hinzu: »Carolina, du mögest euren Spaziergang wohl dazu nutzen, noch ein paar Erledigungen zu tätigen. Wir sprachen über die parfümierte Seife. Und morgen früh wünsche ich Rühreier mit Speck zu speisen.«

Bei diesen Worten steht er auf und holt eine Geldtasche aus der Schreibtischschublade. Er reicht Carlotta Münzen und Scheine.

»Macht euch beide eine Weile keine Sorgen. Ich werde jetzt genügend Zeit zum Nachdenken haben und gewiss eine Lösung für Charlottes Problem finden. Und sollte nach den Besorgungen noch Geld übrig sein, spendiere ich euch eine Süßigkeit. Es gibt auf dem Münsterplatz bereits einige Weihnachtsmarktstände. Kauft euch Naschwerk. Reichlich, würde ich sogar vorschlagen.«

Carlotta nickt erfreut und lächelt mir aufmunternd zu. Stimmt, es ist wirklich eine gute Idee vom Professor, ein wenig zu verschnaufen.

Wir knicksen, wobei mein Knicks halbwegs als Kniebeuge durchgehen würde und verlassen quasi fluchtartig den Salon. Rasch kehrt Carlotta noch einmal zurück, um das Tablett mit dem Geschirr zu holen.

»Ach, und Carolina«, sagt der Professor, »wenn du schon dabei bist, kaufe für deine werte Frau Mama auch ein Stückchen Seife.« Ich höre, wie er die Schublade wieder öffnet und Münzen klimpern. »Es soll etwas Besonderes sein und lass es bitte hübsch verpacken.«

»Sehr wohl, gnädiger Herr«, antwortet sie.

»Und, ist er rot geworden?«, frage ich, als Carlotta in die Küche kommt.

»Bis in die Haarspitzen.« Sie kichert.

»Was hält deine Mutter eigentlich davon, dass er in sie verknallt ist?«

»Nun ...«, sagt Carlotta. »Sag mal ... du findest ihn wirklich nicht zu alt?«

»Aber nein, wie gesagt, mein ... also, ein Mann, den ich kenne, ist fünfzehn Jahre älter als meine ... seine Frau und die lieben sich wie verrückt. Ich fände es gar nicht mal so schlecht, den Professor als Stiefvater zu haben. Du müsstest kein Stubenmädchen mehr sein und könntest den ganzen Nachmittag in seiner Bibliothek sitzen und lesen. Ich werde das heute Abend mal mit deiner Mutter besprechen«, schlage ich vor und grinse. »Wenn du einen Vater hättest könnte ich auch viel beruhigter wieder ... also es würde mich beruhigen, irgendwie.«

»Es rührt mich, dass du dir um mich Sorgen machst«, sagt Carlotta amüsiert.

»Logo, wir sind Zeitschwestern«, antworte ich.

Carlotta seufzt vielsagend. »Komm, lass uns losgehen.«

Da erscheint plötzlich der Professor in der Tür und hält fragend meine toten Hausschuhe in die Höhe.

»Hasenbraten?«, fragt er augenzwinkernd.

»Herr Professor, Verzeihung«, ergreift Carlotta die Gelegenheit, »aber Tschali kann unmöglich mit den Hasen an den Füßen rausgehen und ich habe nur dieses eine Paar Schuhe. Auch eine Jacke werde ich ihr nicht borgen können. Mutter hat heute Morgen ihren Wintermantel angezogen und mein Wollumhang hängt noch auf dem Trockenboden.«

Professor Grüning runzelt die Stirn.

»Oh weh, Frauenangelegenheiten ...«, murmelt er und wirkt irgendwie überfordert. »Gut«, sagt er schließlich. »Als wäre der Tag noch nicht verrückt genug, werde ich zusätzlich eine absolut frevelhafte Tat begehen. Kommt mit.«

Wir folgen ihm in den Salon, wo er zielstrebig auf die hintere Wand zusteuert. Er aktiviert eine Art unsichtbare Türklinke und ein Holzpaneel schwingt zur Seite. Carlotta quietscht überrascht.

»Voilà«, sagt der Professor. »Ein Wandschrank. Man könnte auch sagen, ein höchst geheimer Wandschrank. Ich verlasse mich darauf, dass ihr keiner Menschenseele je ein Sterbenswort darüber erzählt.«

Dann greift er hinein und holt armeweise Bügel mit Damenkleidung daraus hervor.

»Herr Professor ...!«, entfährt es Carlotta.

»Nein, ich hege weder heimlich das Bedürfnis, in Damenkleidern herumzulaufen, noch sind diese Sachen gestohlen oder was auch immer ihr denkt«, sagt der Professor schmunzelnd. »Es ist vielmehr so, dass sie meiner hochwohlgeschätzten Schwester gehören.« Er rollt mit den Augen zur Decke. »In ihrer Jugend war Frau von Hahn von recht zierlichem Körperbau. Da sie sich zur Erinnerung an diese Zeiten nicht von einigen ihrer Lieblingsstücke trennen mochte, habe ich die ehrenvolle Aufgabe übernommen, diese für sie aufzubewahren. Sucht euch also etwas für euren Ausflug heraus und macht euch im Treppenhaus am besten unsichtbar.«

»Danke!«, haucht Carlotta und mich piekst gleichzeitig das Bedürfnis, dem Professor aber sowas von klarzumachen, dass es nicht gerade die feine Art ist, diese Sachen hier zu bunkern, während Carlotta und ihre Mutter sich ihre Kleidung teilen, nur ein Paar Schuhe besitzen, dauernd frieren und überhaupt! Wie kann er das bringen? Aber ich verkneife es mir. Aus taktischen Gründen. Für den Moment zumindest ...

Als erstes probiere ich Schuhe an. Die Stiefelchen sind schmal und eng, das Leder steif. Sie sind zu groß, aber das macht überhaupt nichts. Carlotta hilft mir, die Haken und Ösen zu schließen. Mit dem kleinen Absatz komme ich mir richtig erwachsen vor.

Anschließend ziehe ich einen weinroten Wollrock über die Jeans, den ich am Bund mehrmals umstülpe. Dann schlüpfe ich in eine Strickjacke mit großen samtüberzogenen Knöpfen. Darüber kommt ein Mantel, wow, perfekt. Ich entdecke noch einen Pelzkragen, der sich mit einer Satinschleife zubinden lässt und der sich flauschig warm um meinen Nacken schmiegt. Oh, dazu gibt es ja auch eine passende Handtasche ...

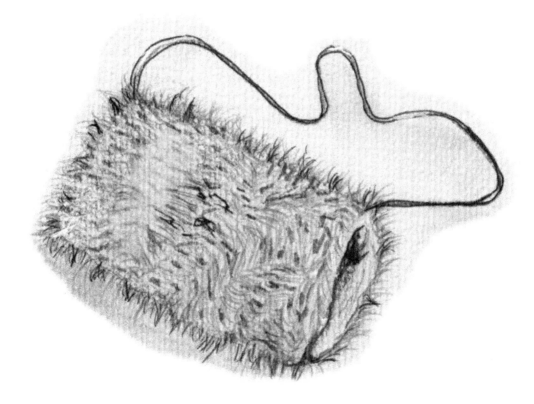

Doch Carlotta erklärt mir, dass es sich dabei nicht um eine Tasche, sondern um einen Muff handelt, den man sich an der Kordel um den Hals hängt, um zum Wärmen seine Hände hineinzustecken. Hammer! Ich habe ein schlechtes Gewissen wegen der Pelze, aber ich finde, unter diesen Spezialumständen ist es okay, eine Ausnahme zu machen.

Carlotta klatscht begeistert. »Du siehst aus, wie aus unserer Zeit. Jetzt bin ich dran!«

Sie wählt einen prächtigen Mantel aus und ersetzt ihr Dienstmädchenhäubchen durch eine gestrickte Kappe, die über und über mit schimmernden Perlen verziert ist. Dann legt auch sie sich einen Fellkragen um. Seine feinen Haare schimmern in tiefem Schwarzblau. Kichernd posieren wir vor dem Standspiegel herum, den Professor Grüning uns in den Raum geschoben hat und vergessen ein wenig die Zeit.

Das tut so gut. Ich wünschte, ich hätte eine Freundin wie Carlotta.

Nach einer Weile drängt Carlotta zum Aufbruch und wir huschen durchs Treppenhaus zur Hinterhoftür, um aufs Klo zu gehen. Es ist genauso schrecklich, wie beim ersten Mal und sogar noch komplizierter, weil ich ja einen Haufen Klamotten zusätzlich anhabe. Es brennt immer noch beim Pipimachen und es dauert Ewigkeiten, bis ich endlich wieder alles zurecht gezupft habe. Aber wenigstens ist mir warm.

Als meine Zeitschwester die Haustür aufstößt und wir auf die Lindenallee hinaustreten, bin ich völlig unvorbereitet auf das, was mich erwartet. Ich bekomme sowas wie einen Schock, ganz ehrlich.

Was ich sehe, passt nicht das kleinste Bisschen mit dem zusammen, wie ich es schon mein ganzes Leben lang kenne.

Das ist krass zu viel für meinen Kopf. Auf dem Hinterhof war es ja schon schlimm, aber das hier toppt alles. Die Erinnerungen aus dem abgespeicherten Jahr 2021 knallen scheinbar so heftig mit dem zusammen, was meine Augen aktuell ans Gehirn melden, dass ein scharfer Schmerz durch meine Stirn fährt. Es flimmert vor meinen Augen und ich sehe für einen kurzen Moment ziemlich verrückte Farben.

Ich stöhne und greife nach Carlottas Arm. Bilder des üblichen Verkehrs meiner Lindenallee blitzen auf. Ich kann sogar den vertrauten Lärm hören. Doch so schnell die Verwirrung gekommen ist, so schnell hört sie auch wieder auf. Der Schmerz verschwindet. Ich registriere nur noch ein seltsames Unbehagen und registriere, dass irgendwas nicht zusammenpasst. Aber was soll's ...

»Geht's wieder?«, fragt Carlotta besorgt.

»Logisch«, sage ich und zucke mit den Schultern. »War nix, alles okay.«

Wir bummeln untergehakt den Gehweg entlang.

Neugierig sehe ich mich um.

Die Lindenbäume sind kaum größer als ich und auf der mit Kopfstein gepflasterten Straße fahren Kutschen. Mit bimmelnder Glocke nähert sich ein busähnlicher Waggon auf Schienen, der von zwei schnaubenden Pferden gezogen wird. Ihr Atem steht in der kalten Luft.

Da sind Männer, die abgekämpft und blass, mit Kohlen und Holz beladene Handkarren hinter sich herziehen, ärmlich gekleidete Frauen mit hageren Gesichtern, elegante Damen mit hohen Hüten und langen Kleidern, die Taillen so eng geschnürt, dass sie aussehen, als ob sie jederzeit in der Mitte durchbrechen könnten, begleitet von Herren mit Zylinder und gezwirbeltem Bart.

Da sind Dienstmädchen wie Carlotta, die sich nur mit einem wollenen Schultertuch gegen die Kälte schützen. Ein kleiner Zeitungsjunge. Und dort wird eine Litfaß-Säule mit Plakaten beklebt. Dennoch kommt mir die Lindenallee wie leergefegt vor.

»Wo sind denn die ganzen restlichen Leute?«, will ich wissen.

»Was meinst du damit? Wo sollen sie denn sein? Na hier, siehst du doch. Und es werden immer mehr. Ich frage mich manchmal, wo diese Stadt noch mehr Menschen unterbringen soll«, sagt Carlotta und klingt ein wenig wie der Professor.

Es blitzt wieder vor meinen Augen und plötzlich habe ich völlig klare Erinnerungen.

»Bei uns ist um diese Uhrzeit die Hölle los!«, rede ich drauflos. »Geh mal jetzt in einen *McDonald's*, um dir ne Portion Pommes zu kaufen, da stehen dreißig Leute in der Schlange vor dir, das nervt! Und beim *DM-Markt* wartest du gefühlt ne halbe Stunde, um ein einziges Shampoo zu bezahlen.«

»Was immer du damit meinst, schön, dass du dich erinnerst«, antwortet Carlotta lächelnd.

Ich sehe sie verständnislos an.

»Egal. Was ist Mäkdonnels und Pommes und Schampu?«, fragt sie.

»Weiß ich nicht, warum?«, erwidere ich.

Carlotta seufzt und drückt sich enger an mich.

Als wir ein gutes Stück gelaufen sind, zeigt sie auf ein Geschäft.

»Schau, die Seifensiederei.«

Ich registriere die geschwungene Schrift auf dem Schaufenster und das freundliche Gebimmel der Ladenglocke, als Carlotta die Tür aufstößt.

»Guten Tag, die jungen Fräuleins, womit kann ich Ihnen dienen«, fragt der Mann hinter der Theke.

Auch er trägt einen Bart, der an den Enden absteht wie Eiszapfen.

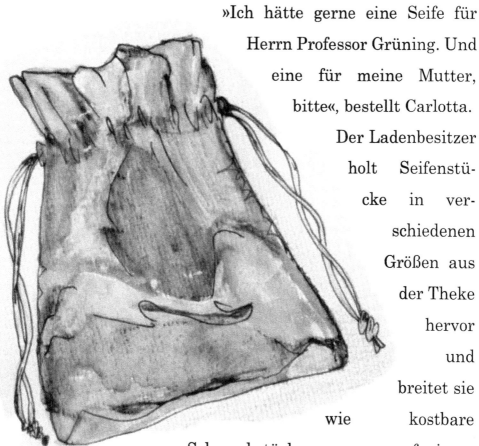

»Ich hätte gerne eine Seife für Herrn Professor Grüning. Und eine für meine Mutter, bitte«, bestellt Carlotta. Der Ladenbesitzer holt Seifenstücke in verschiedenen Größen aus der Theke hervor und breitet sie wie kostbare Schmuckstücke, vor uns auf einem weichen Tuch aus.

»Sandelholz, Verbene, Muskat oder Ambra für den Herren«, schlägt er vor. »Rose, Nelke, Flieder, Maiglöckchen oder Lavendel für die Dame.«

Wir beugen uns schnuppernd über die Theke.

»Rose für Mutter«, beschließt Carlotta und zeigt auf ein winziges Stück rosafarbene Seife in der Form einer Rosenblüte.

»Muskat für den Professor«, schlage ich vor.

»Sehr gerne. Wünschen Sie das Seifenstück für die Dame hübsch verpackt?«, fragt der Mann.

»Ja bitte«, antworten Carlotta und ich im Chor.

Als wir aus dem Laden treten, hält gerade eine Pferdebahn am Straßenrand. Mehrere Fahrgäste steigen aus. Carlotta zieht mich hinter sich her und es gelingt uns noch rechtzeitig, in den Waggon zu klettern. Carlotta zahlt beim Kutscher den Fahrpreis, und wir rollen gemächlich durch die Stadt. Die geschwitzten Leiber der Pferde dampfen. Immer wieder schießen mir glasklare Erinnerungen durch den Kopf, die ich mit der Realität vergleichen kann.

Ich starre und staune und kann mich an meiner Stadt, im fahlen, gelblichen Licht eines anderen Jahrhunderts, nicht satt sehen! An einer Kreuzung, die mir vage bekannt vorkommt, zündet ein Mann Straßenlaternen mit einer Art

Riesen-Streichholz an. Bald darauf ist auch diese Straße in ungewohntes, schwefelfarbiges Licht getaucht.

»Gaslampen«, sagt Carlotta. »Aber nicht mehr lang, bald haben wir überall elektrische Laternen.«

Nach ein paar Stationen steigen wir aus und Carlotta steuert auf ein Lebensmittelgeschäft zu.

Es beginnt leicht zu schneien.

Ich schaue in den Himmel und versuche, mit der Zunge ein paar Flocken aufzufangen, wie ich es beim ersten Schnee des Jahres immer tue. Doch mich überkommt ein Hustenanfall und erschaudere, trotz der vielen Klamotten. Carlotta wirft mir einen fürsorglichen Blick zu und zieht mich in den Laden.

»Sie wünschen?«, fragt eine der beiden Verkäuferinnen.

»Sechs Eier bitteschön und eine mittelgroße Portion Speck«, antwortet Carlotta.

Wir bekommen zwei unterschiedlich große Stücke zur Auswahl präsentiert. Anschließend wiegt die Verkäuferin den Speck, berechnet den Preis und verpackt die Sachen in dickes, braunes Papier.

Während ich zuschaue, beobachte ich mich selbst. Und stelle fest, wie schön ich das finde, was ich sehe. Wie einfach alles zu sein scheint. Sie wünschen, Bitte, Danke, Auf

Wiedersehen. Klar und unkompliziert irgendwie. Ja, es fühlt sich richtig an und plötzlich weiß ich felsenfest: Ich will hierbleiben. Bei Carlotta. Fertig.

In diesem Moment fällt mir eine Last von den Schultern, von der ich nicht mal wusste, dass ich sie trage. Alles klärt sich, als ob man eine verschmierte Tafel sauber wischt. All die verwirrenden Bilder aus meinem alten Leben haben sich gelöscht, belasten mich nicht mehr. Es herrscht Ruhe. Gute Ruhe. Ich fühle mich erleichtert, als hätte ich endlich ein riesiges, scheußliches, Bauchschmerzen verursachendes Problem gelöst.

»Ich bin jetzt hier!«, sage ich viel zu laut und die Verkäuferin sieht mich fragend an.

Ich lächle sie an und nehme die Einkäufe entgegen.

Als wir wieder draußen im Schneegestöber stehen, fragt Carlotta: »Tschali, was war da eben los?«

»Nichts, ich wollte nur mithelfen.«

»Wann bist du geboren?«

»Am 12. Februar«, sage ich.

»In welchem Jahr, Tschali? Das Jahr!«, lässt Carlotta nicht locker.

Ich fahre mit der Hand aus dem Muff und niese in die Armbeuge. Carlottas Frage summt in meinem Kopf herum.

»Boah, nerv' mich nicht mit deinen komischen Fragen.« Ich ziehe die Nase hoch. »Lass uns endlich auf den Weihnachtsmarkt gehen!«

»Du gehörst ins Bett, Tschali«, stellt Carlotta fest.

»Menno, wir haben den ganzen Tag gearbeitet, jetzt gönnen wir uns«, protestiere ich.

»Gönnen wir uns?«, wiederholt Carlotta. „Äh, ich habe gearbeitet, du hast rumgesessen!«

Sie ringt mit sich.

»Bütte«, bettle ich und lege den Kopf schräg. »Sorry, dass ich eben so doof war.«

»Na gut«, sagt Carlotta. »Aber ich habe kein gutes Gefühl dabei. So lieb ich dich hab, aber du musst dringend nach Hause.«

»Wir gehen doch gleich wieder heim. Lass uns nur noch kurz bei den Buden vorbeischauen. Wir haben doch extra Geld bekommen. Ich hab voll Süßigkeitenhunger!«

»Heim in deine Zeit, Tschali. Verflixt noch mal!« Carlotta funkelt mich an, greift meine Oberarme und schüttelt mich mit ihrer erstaunlichen Kraft.

»Wach auf! Du darfst nicht alles vergessen! Wie stellst du dir das denn vor? Du kannst doch nicht einfach aufgeben und hierbleiben! Denk mal an deine Eltern! Und deine

Großeltern! Und deine dritte Oma. Sie alle werden krank vor Sorge. Du kannst sie nicht im Stich lassen, Tschali. Bitte konzentriere dich. Woran kannst du dich noch erinnern? Mutti, Vati ... woran?«

Neugierig dreht sich ein Fußgänger nach uns um, und Carlotta zieht mich in eine Gasse.

»Hast du sie nicht mehr alle? Ich kann genauso gut allein auf den Markt gehen«, raunze ich und laufe los.

»Du weißt ja nicht mal wohin«, ruft sie mir nach.

»Weiß ich wohl. Ich wohne in dieser Stadt, schon vergessen?«

»Aber du hast kein Geld«, ruft Carlotta.

»Dann geh ich eben nur gucken.«

Mit klappernden Schritten holt Carlotta mich ein.

»Warte doch, du dummes Ding«, schimpft sie. »Du gehst in die falsche Richtung.«

Ich bleibe stehen und lasse den Kopf hängen. Warum bin ich gerade, wie ich bin? Eine derart blöde Kuh?

»Sorry«, nuschle ich wieder.

»Wenn das so viel wie ‚Entschuldigung' heißt: Angenommen. Tut mir auch leid, dass ich so ruppig war«, sagt sie.

Wir nehmen uns kurz in den Arm.

»Ich fühle mich nicht mehr wie ich selbst«, gebe ich zu.

»Kann ich verstehen«, sagt Carlotta. »Das ginge mir genauso. Ich kann es ohnehin kaum glauben, wie kuhl du mit der ganzen Situation umgehst.«

»Was für ne Situation?«, hake ich nach.

»Ach, lassen wir das ...«, antwortet Carlotta.

Wenig später kommen wir auf einen kleinen Platz.

Es sind tatsächlich schon Weihnachtsstände aufgebaut. Sie werden von Petroleumlampen und Kerzen erhellt.

»Schön!«, juble ich.

Langsam schlendern wir von Stand zu Stand. Es gibt geschnitzte Krippenfiguren, bunte Weihnachtspyramiden, Kräuter, duftende Wäschesäckchen, Spitzenborten und Gewürze in kugeligen Tongefäßen.

Wir entdecken honiggelbe Bienenwachskerzen, Christbaumschmuck aus Blech, kunstvolle Strohsterne, allerlei Räucherwerk und Zwetschgenmännchen in allen Größen und Ausführungen. Und die Bude mit Zuckerzeug erst! Kräuter- und Honigbonbons duften mit rotweiß gestreiften Zuckerstangen um die Wette.

Aber so richtig läuft uns das Wasser beim Anblick der gerösteten Maronen im Mund zusammen, die eine alte Frau anbietet. Sie sitzt neben einem winzigen Ofen und rührt die heißen Kastanien mit den bloßen Händen im Topf herum.

»Wow, die lieb ich! Haben wir genug Geld für eine Portion?« Ich hab schon wieder Hunger.

»Sogar für zwei Tüten«, sagt Carlotta.

Die Kastanien-Frau dreht zwei Stücke Zeitungspapier zu spitzen Tüten und lässt jeweils acht Maronen hineinfallen. Carlotta zählt ihr die Pfennige in die von Kohlenstaub, Ruß und verbrannten Kastanien schwarz gefärbte Handfläche. Danach wärmen wir uns die Hände an der warmen Papiertüte. Dann reicht Carlotta mir eine kleine Münze.

»Als Erinnerung«, sagt sie.

»Aber wir können doch schon morgen wieder herkommen«, sage ich verwundert.

Ich nehme sie entgegen und will sie in die Manteltasche stecken, als ich mich umentscheide und sie umständlich unter dem Wollrock in die Latzhose wurschtle.

»Hm ...«, macht Carlotta unbestimmt. »Jetzt sollten wir uns erstmal auf den Heimweg machen, bevor das Schneetreiben noch dichter wird.«

Inzwischen löst jeder Atemzug einen stechenden Schmerz auslöst. Tief in meiner Brust spüre ich einen dumpfen Druck und versuche deshalb, möglichst flach zu atmen.

Aber diese Technik lässt mich aus der Puste kommen, sodass ich nach ein paar Schritten nur umso tiefer Luft holen muss. Das tut dermaßen weh, dass mir beinahe die Tränen kommen.

Carlotta bemerkt, dass es mir nicht gut geht und denkt sich ein Spiel aus: Wir zählen zwanzig Schritte ab, bleiben stehen um eine Kastanie zu schälen, essen, laufen weiter. Das lenkt mich wirklich ein wenig ab. Trotzdem bin ich einfach nur heilfroh, als wir endlich wieder zu Hause sind.

Kapitel 9

Zunächst läutet Carlotta an der Wohnung des Professors. Ich bleibe ein Stück entfernt stehen und halte mich am Geländer fest. Mir ist schwindelig und das Treppenhaus erscheint mir seltsam verzerrt auszusehen. Ich kneife die Augen zusammen und als ich sie wieder aufmache, sind die Ausbeulungen verschwunden.

Der Professor sieht besorgt aus und wirkt sichtbar erleichtert, uns zu sehen.

»Es ist spät geworden, ihr Mädchen! Deine Frau Mama war bereits hier, weil sie sich Sorgen gemacht hat, Carola«, sagt er und nimmt sein Monokel vom Auge.

Carlotta reicht ihm den Korb mit den Einkäufen und die restlichen Münzen.

»Mutter ist schon hier?«, vergewissert sie sich erstaunt.

»Ihr scheint die Zeit vergessen zu haben, mein Kind«, sagt der Professor.

»Ja«, erwidert Carlotta und macht ein Zeichen in meine Richtung, »das haben wir tatsächlich ...«

»Ist es schlimmer geworden?«, wispert er.

»Sie erinnert sich an nichts mehr«, flüstert Carlotta.

»Großer Gott ... Nun geht schnell nach oben, damit deine Mutter vor Sorge nicht umkommt. Ich ... ähm ... komme nachher ebenfalls einmal hoch wegen ... wegen ... der Seife, nun ja«, sagt der Professor verlegen.

»Tun Sie das, Carlottas Mutter wird sich freuen«, keuche ich und huste.

Jede Stufe erscheint mir hoch wie eine Mauer, die ich überwinden muss, und das Herz hämmert in einem schnellen Rhythmus gegen meine Rippen. Atemzug für Atemzug krallen sich die Stiche tiefer in meine Lungen. Als wir endlich oben ankommen, keuche ich. Mein Husten klingt bellend und ich habe Mühe, genug Luft zu bekommen.

Carlotta klopft und als die Tür aufgeht, umarmt sie ihre Mutter stürmisch.

»Oh Mutti, du kannst dir nicht vorstellen, was ich heute alles erlebt habe. Das ist übrigens Tschali«, sagt sie und löst sich aus der Umarmung.

»So, so, die Zeitschwester meiner Tochter.« Carlottas Mutter reicht mir die Hand. »Schön, dich kennenzulernen.

Und ich dachte schon, der Herr Professor flunkert mir was vor ...«

In diesem Moment denke ich, wow ist die aber schön und sage: »Wow, sind Sie aber schön!« Und um zu überspielen, dass das möglicherweise gerade unhöflich war, schiebe ich: »Es ist echt kein Wunder, dass der Professor in Sie verliebt ist«, hinterher. Umgehend überkommt mich das ungute Gefühl, zur falschen Zeit, am falschen Ort etwas total Falsches gesagt zu haben ...

»Oh Tschali«, seufzt Carlotta, doch über das Gesicht ihrer Mutter huscht ein erfreutes Lächeln.

Sie tritt beiseite, damit wir hereinkommen können und betrachtet mich dabei mit einem irgendwie speziellen Blick, der mir durch und durch geht. Er rührt an etwas tief in meinem Inneren, und ich werde jäh von einem so schmerzhaften Sehnen erfüllt, dass ich mich vornüber krümmen muss. Ich will etwas sagen, vor Verzweiflung weinen, aber mein Brustkorb wird immer noch zusammengequetscht, und ich bringe nichts heraus. Stattdessen höre ich mich jammern, weil plötzlich alles schwankt. Ich mache einen wackligen Schritt zur Seite, greife haltsuchend ins Leere, verliere das Gleichgewicht, taumle ... und sacke zusammen.

Als ich wieder zu mir komme, liege ich auf dem schmalen Bett. Ich trage nur noch meinen Schlafanzug. Die Hosenbeine sind bis zu den Oberschenkeln hochgekrempelt worden und meine nackten Waden stecken in eiskalten, nassen Tüchern.

Ich zittere vor Kälte. Gleichzeitig ist mir heiß. Das Oberteil klebt durchgeschwitzt an meinem Körper. Aus den Augenwinkeln nehme ich wahr, wie Carlottas Mutter damit beschäftigt ist, einen flachen Stein in ihr buntes Dreieckstuch einzuwickeln. Sie tritt damit ans Bett.

»Dem Himmel sei Dank, du bist wieder wach«, sagt sie erleichtert und streichelt mir zärtlich über die Wange.

Sie bettet das Päckchen sanft auf meine Brust und zieht die Decke wieder über mich. Sofort breitet sich eine wohlige Wärme aus, der Stein ist heiß, aber viel zu schwer. Carlottas Mutter setzt sich auf die Bettkante.

»Keine Sorge, ich nehme ihn gleich wieder runter ...«, erklärt sie.

Ich nicke schwach und betrachte das Motiv auf dem silbernen Medaillon, das an einer Kette über ihrer Bluse hängt: Eine erblühte Rose und eine noch geschlossene Knospe. Als sich Carlottas Mutter bewegt, dreht sich der Anhänger und ich sehe, dass auf der Rückseite fünf

Buchstaben eingraviert sind. F. I. D. F. R. Zumindest glaube ich, dass die verschnörkelten Zeichen das bedeuten. Ich will fragen, für was sie stehen, als ich es auch schon wieder vergessen habe.

»Wo ist Carlotta?«, stoße ich stattdessen heiser hervor.

»Schnee holen für die Wadenwickel, Kohlen kaufen für den Ofen und Kräuter borgen gegen deinen Husten«, zählt sie auf und tupft mir mit einem feuchten Tuch über die Stirn. »Du warst ziemlich lange ohnmächtig«, sagt sie.

Bevor ich etwas erwidern kann, überkommt mich ein Hustenanfall. Mühsam ringe ich nach Luft. Carlottas Mutter legt den heißen Stein zur Seite, fasst mich unter den Achseln und richtet mich im Bett zum Sitzen auf. Sie streicht mir beruhigend über den Rücken. Als es wieder geht, hält sie mir eine Tasse an die Lippen und ich bemühe mich, einen kleinen Schluck zu trinken. Erschöpft sinke ich aufs Kopfkissen.

»Schätze, mir geht's nicht gut, was?«, presse ich mühsam hervor.

»Hab keine Angst, wir tun, was wir können«, antwortet Frau Kant.

Sie streichelt mir übers Haar. Das tut gut. Wieder rührt sich etwas in mir. Ich kann es nicht greifen. Eine dumpfe, unbestimmte Angst oder doch mehr ein dringender Wunsch? Aber wonach?

Ich schlafe ein.

Ich sehe Gesichter. Ich weiß, dass ich sie kenne, aber ich kann ihnen keine Namen zuordnen. Hallo, wer seid ihr, rufe ich und weine im Traum, als ich keine Antwort erhalte.

Dumpf dringt ein bekanntes Geräusch an mein Ohr. Eine Turmuhr schlägt und ich will aus dem Fenster sehen. Doch meine Beine haben sich im Traum in einer Schlingpflanze verfangen, die hartnäckig versucht, mich auf dem Grund eines Sees zu halten. Mir geht die Luft aus und ich kämpfe

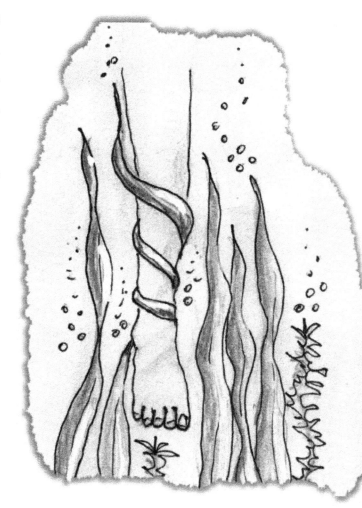

mich panisch an die Oberfläche. Um Atem ringend wache ich auf und schnappe nach Luft. Gleichzeitig versuche ich, die Augen zu öffnen, die sich anfühlen, wie zugeklebt.

Nach mehreren Anläufen gelingt es mir und ich sehe Carlotta am Tisch in der Gaube sitzen, die Tintenfeder kratzt über das Papier ihres Hefts. Ihre Mutter ist mit einer Näharbeit beschäftigt. Ich räuspere mich schwach.

»Tschali«, rufen beide und stürzen ans Bett.

Sie sehen müde aus und machen sorgenvolle Gesichter.

»Wie spät ist es?«, krächze ich.

Ich weiß nicht mal, warum ich diese Frage stelle, aber ich habe das unbestimmte Gefühl, dass es wichtig ist, die Uhrzeit zu wissen.

»Zwölf Uhr nachts.«

Carlotta hebt behutsam mein Handgelenk an, um den Stand der Zeiger zu kontrollieren. Dann stutzt sie.

»Der große Zeiger …!«, sagt sie. »Er hat sich bewegt! Ein winziges Stück!« Carlottas Stimme wird schrill. »Was heißt das denn jetzt, was sollen wir jetzt tun?«

In diesem Moment klopft es leise an der Tür. Carlottas Mutter hastet hinüber und öffnet sie.

»Ich hoffe, ich störe nicht zu solch später Stunde, verehrte Frau Kant«, sagt der Professor mit gedämpfter Stimme.

»Carlotta hat mir vorhin Bericht erstattet. Ich möchte mich nach dem Wohlergehen der Patientin aus der Zukunft erkundigen.«

»Treten Sie ein«, erwidert Carlottas Mutter. Sie klingt unendlich müde.

»Außerdem bringe ich Speck, Eier und Brot ... Ich dachte, dass alle eine Stärkung gebrauchen könnten«, sagt er und übereicht Carlottas Mutter einen Korb. »Überdies erlaube ich mir, Ihnen gnädige Frau, dieses kleine Geschenk zu überreichen. Nehmen Sie es als Zeichen meiner Verehrung.« Der Professor gibt Carlottas Mutter das Säckchen mit der Seife.

»Danke«, murmelt sie überrascht.

»Herr Professor«, unterbricht Carlotta die eintretende Stille. »Der Zeiger hat sich bewegt.«

»Es scheint loszugehen«, erwidert er unheilvoll.

»Was geht los?«, krächze ich.

»Deine Zeit läuft ab«, flüstert der Professor mehr zu sich selbst als zu mir.

Carlotta schlägt die Hände vor den Mund.

Mir ist, als läge ein kiloschweres Gewicht auf meiner Brust.

»Meine Lebenszeit, oder was?«

Ich versuche, mich noch weiter aufzurichten und Carlottas Mutter stopft mir einen von Frau von Hahns Mänteln in den Rücken.

»Ich krieg' so schlecht Luft«, presse ich hervor und ringe nach Atem. »Da ... *jiep* ... kommt nicht ... ge...*jiep* genug Luft in mich!«

Carlotta entfährt ein Wimmern. Sie setzt sich neben mich und legt einen Arm um meine Schultern.

»Hab keine Angst. Atme konzentriert und verkrampfe dich nicht«, sagt sie und ich versuche, ihren Rat zu befolgen.

»Sie glüht«, stellt Carlotta fest.

Ihre Mutter setzt mir wieder die Tasse an die Lippen. Der Tee schmeckt bitter und ich schaffe es kaum, die Flüssigkeit hinunter zu bekommen, denn mein Hals brennt wie Feuer. Ich habe sogar Mühe, meinen Speichel zu schlucken.

Ich sinke zurück und sehe in die Gesichter der drei Menschen an meinem Bett. Es ist komisch, dass sie da sind, ich kenne sie nicht mal. Oder doch? Wer sind sie noch gleich? Moment ... ja, natürlich, meine Eltern und meine Schwester. Ich atme erleichtert. Wie konnte ich mir da nicht sicher sein? Bestimmt, weil ich so krank bin ...

»Wird sie die Nacht überleben?«, höre ich meinen Vater hinter vorgehaltener Hand wispern.

»Bei einer so schweren Lungenentzündung können wir nur beten«, antwortet ihm meine Mutter.

Ihre Stimme klingt erstickt, als würde sie versuchen, nicht zu weinen. Mutti, weine doch nicht!

Ich merke, wie ich wegdämmere. Formen und Farben verschwimmen vor meinen Augen.

Ich höre Gespräche, Satzfetzen ... was sagt Vati da? Schluchzt meine Schwester etwa? Wieso bloß? Ich bin doch hier.

Die Dunkelheit tut gut, fühlt sich weich und sicher an.

Sie hüllt mich ein.

Trägt mich fort ...

13. November 1900, tief in der Nacht
Herzallerliebste Zeitschwester,
ich hoffe so sehr, dass du diese Zeilen irgendwann einmal lesen wirst. Und dass du es zu Hause bei deiner Familie tust ...
Keiner weiß, ob du überleben wirst. Weder die Krankheit, noch die Rückkehr. Denn es ist immer noch fraglich, wie die Rückreise eigentlich vonstattengehen soll. Professor Grüning konnte keine neuen Erkenntnisse liefern. Er ist deswegen zutiefst enttäuscht von sich. Und nun bist du auch noch sehr, sehr krank geworden. Ich mache mir große Vorwürfe. Wir hätten nicht einkaufen und auf den Weihnachtsmarkt gehen dürfen. Hätte ich doch nur darauf bestanden, dich gleich ins Bett zu stecken ...

Wenn du stirbst, bin ich schuld. Das würde ich mir niemals verzeihen.

In deiner Zeit könntest du geheilt werden, das hast du mir erzählt, als ich dir sagte, dass mein Vater und Theo an einer Lungenentzündung gestorben sind. In meiner Zeit musst du so stark sein, den Gipfel der Krankheit zu überstehen, das ist deine Chance. Wir stehen dir bei, wenn du ihn erreichst. Dennoch ist es ein Wettlauf gegen die Zeit.

Wir haben versucht, dein Fieber zu senken. Ich hole Schnee und eiskaltes Wasser von unten. Fünf Mal. Frau Rosenthal gab mir die Kräuter für den Tee. Du schaffst es kaum, ihn zu trinken. Mutter und ich flößen ihn dir abwechselnd ein. Du merkst nichts davon.
Du liegst auf dem Bett und bist völlig reglos. Nur deine Augen rollen unter deinen geschlossenen Lidern hin und her. Ich glaube, du hast schlimme Träume.
Immer wieder reiben wir deine Stirn und deinen Körper mit feuchten Tüchern ab. Deine Wangen glühen in deinem leblosen Gesicht.

Ich überwache deine Uhr. Der Zeiger bewegt sich nicht. Er steht genau auf dem violetten Sternchen, ein winziges

Stückchen nach dem Strich für die siebte Minute. Das ist gut.

Ich hoffe, dass morgen der Schneefall nicht mehr so stark sein wird. Für deine Rückreise musst du das Ziffernblatt der Turmuhr erkennen können.

Mutter stickt, um sich wachzuhalten.

Dabei fällt mir ein, dass ich dir etwas erzählen muss: Tschali, Mutter hat deine Kleidung sehr genau in Augenschein genommen und von deiner Hose sogar eine kleine Zeichnung angefertigt, um später davon eine Nähvorlage zu erstellen. Ich sehe es schon, bald wird das ganze Viertel in Mutters neuer Zukunftsmode herumlaufen!

Kurz nach Mitternacht

Ich musste eine erschreckende Feststellung machen: Der große Zeiger deiner Uhr hat sich bewegt! Gerade ist der Professor gekommen, um uns etwas zum Essen zu bringen und Mutter sein Geschenk zu überreichen. Beide waren reichlich verlegen.

Nachdem du wieder in Bewusstlosigkeit versunken bist, standen wir noch lange an deinem Bett. Eine fürchterliche Angst und eine erbärmliche Ratlosigkeit haben uns erfasst.

Was, wenn du stirbst?

Was, wenn du nicht zurückreisen kannst?

Was, wenn wir irgendetwas übersehen haben?

Mutter hat die Uhr von deinem Handgelenk gelöst und sie dem Professor zur Überwachung gegeben. In ein kleines Büchlein macht er sich unablässig Notizen, während er mit der anderen Hand beharrlich mit deiner Büroklammer spielt. Mutter betrachtet ihn verstohlen. Sie denkt, ich bemerke es nicht ...

Zwei Uhr nachts

Ich schrecke von den Schlägen der Turmuhr auf. Ich muss eingenickt sein. Du bist immer noch weit weg. Unruhig bewegst du dich im Schlaf. Deine Wangen glühen, dein Atem geht mühsam. Um deinen Mund hat sich ein weißer Hof gebildet. Deine Nase ist sieht ganz spitz aus.

Der Professor sagt, dass es auf deiner Uhr inzwischen siebzehn Minuten nach zehn ist. Der Zeiger bewegt sich also sehr langsam, etwas mehr als zehn Minuten innerhalb von zwei Stunden. Aber das muss natürlich nicht so bleiben. Bis es auf der Turmuhr zehn Uhr morgens ist, sind es noch acht Stunden!

Er ist der festen Überzeugung, dass du um kurz nach elf unbedingt wieder in deinem Zimmer, in deiner Zeit sein musst, damit deine Großmutter nicht Alarm schlägt. Wenn jemand dein Verschwinden schon vorher festgestellt habe, sei eine Rückkehr unmöglich. Und warum? Weil Zeitreisende ihre eigene Zeit in genau dem Zustand wieder auffinden müssen, in dem sie ihn verlassen haben. Der Professor sagt auch, Zeit sei bis zu einem gewissen Grad elastisch, aber nicht unendlich dehnbar. Und, Zeit sei schrecklich pingelig, sie verzeihe keinerlei Beeinflussungen.
Ich habe ihn extra nochmal gefragt:
»Wir wissen also, dass Tschali nur unter bestimmten Bedingungen wieder zurückreisen kann: Erstens, es muss zu der Zeit geschehen, zu der sie auch gekommen ist. Das war zwischen zehn Uhr morgens und sieben Minuten nach zehn. Also genau in der Zeitspanne, in der die Turmuhr ihren seltsamen Sprung macht. Zweitens, darf es in ihrer Zeit noch nicht später als elf Uhr sein, weil sonst ihr Verschwinden entdeckt werden würde. Drittens, darf die Zeit auf Tschalis Uhr auf keinen Fall schneller vergehen, als hier auf unserer Turmuhr. Wenn der Zeiger zum Beispiel anfängt, sich immer schneller zu bewegen und es wäre auf Tschali Uhr in einer halben Stunde bereits elf und bei uns

ist es immer noch mitten in der Nacht, wäre alles verloren. Habe ich das so richtig verstanden?«

Das hat der Professor mir geantwortet: »Richtig Carlotta. Und viertens, Charlotte muss sich an ihre Zeit erinnern. Ohne Erinnerung, keine Rückkehr! Und fünftens, müssen wir hoffen und bangen, dass es aus irgendeinem unbekannten Grund dennoch funktioniert, obwohl es ja diesen einen Fehler in unseren Überlegungen gibt ...«

Und sechstens, liebe Zeitschwester, musst du die Nacht überstehen, denken wir alle.

Wir beten.
Alles hängt an einem seidenen, schicksalhaften Faden.
Alles!

Halb vier Uhr morgens

Der Zeiger hat sich kaum bewegt.
Nur zwei Minuten.
Wir sind erleichtert.
Mutter ist eingeschlafen, sitzend an der Nähmaschine, den Kopf auf die Arme gelegt. Der Professor ist immer noch da. Er hat seine Jacke ausgezogen und sie Mutter über den

Rücken gebreitet. Nachdenklich, liebevoll, betrachtet er sie im Schlaf ...

Fünf Uhr

Du bist zwischenzeitlich mehrmals aufgewacht und hast unverständliche Dinge gerufen. Wir haben dir den Tee eingeflößt und dich wieder und wieder gewaschen. Einmal hast du meinen Arm gepackt und mich angestarrt.
»Ya lyublyu tebya moya zayka«. So klang es, was du gesagt hast.
Der Professor meint, das sei russisch und hieße so viel wie ‚Ich liebe dich, mein Häschen'.
Dann, plötzlich, bewegte sich der Zeiger deiner Uhr wieder! Schneller diesmal!
»Halt an, halt an, halt an«, murmelte der Professor ununterbrochen.
Um vier Minuten nach halb elf blieb der Zeiger wieder stehen. Wir atmeten auf.
Kurz darauf schütteln dich Fieberkrämpfe.
Deine Atmung geht jetzt rasselnd, flach. Dein Gesicht ist fast grau. Du hast blaue Lippen. Mit den Händen greifst du nach etwas, das du in deinem Traum siehst.

Du versuchst, etwas zu sagen, aber wir können nichts verstehen.

Wir stehen an deinem Bett, beten. Streicheln deine Hände.

Mit einem Mal wirst du ganz ruhig.

Du liegst still, atmest nur noch flach. Alle Farbe ist von dir gewichen.

Ich weine, Mutter weint. Der Professor hält ihren Arm, um sie zu stützen.

Mutter sagt, das sei ‚die Krise'.

Ich versuche, wach zu bleiben, dir beizustehen, aber ich kann nicht mehr. Ich versuche zu schreiben, um nicht einzuschlafen, aber ich vermag kaum mehr die Feder zu halten. Die Buchstaben verschwimmen vor meinen Augen.

Ich muss mich ausruhen, nur eine winzige Minute will ich mich neben deinen fiebrigen Körper betten.

Mir ist kalt, ich werde dir deine überschüssige Hitze abnehmen ...

Kapitel 10

Ich habe einen Traum. Mir sind Flügel gewachsen, große, durchsichtige. Vielleicht Feenflügel, so leicht, dass ich sie kaum auf meinem Rücken spüre. Wie sie vibrieren, flirren ... Sie tragen mich, hoch in die Luft, ich bin leicht und frei und nichts tut weh.

Ich atme tief ein.

Noch tiefer. Süße, köstliche, erfrischende Luft erfüllt mich. Sie schmeckt nach Kirschen und ich juble vor Freude.

Am Horizont fällt mir ein geheimnisvolles Licht auf. Es blendet nicht, es flackert nur freundlich, schwankt sachte hin und her, wie ein Lampion auf einem Gartenfest.

Ich möchte es mir ansehen und fliege näher. Das Licht freut sich auf mich, ruft mich, sagt mir, dass ich keine Angst haben muss ... Komm her, es kann dir nichts geschehen!

Je näher ich komme, desto ruhiger und geborgener fühle ich mich. Das Licht wird größer, es strahlt Wärme aus, in die ich mich einkuscheln möchte. Ich fühle Sand unter den Füßen, Wind in meinem gelben Sommerkleid ... Ich rieche die salzige Meeresluft und höre das Rauschen der Wellen, Möwen ...

Ja, gleich bin ich da ...

Ich strecke eine Hand aus.

Wie flüssige Frühlingssonne strömt das Licht durch meine Finger ... zieht mich näher. Ich muss gar nichts tun ...

Warte, Moment, was ist das denn?

Ein sanfter Lufthauch streicht über meinen Nacken. In stetigem Rhythmus, wie der Atem eines Menschen. *Pust, pust* ... das kitzelt. He, wie das kitzelt!

Ich versuche, meinen Kopf zu drehen. Ich will sehen, was mich von meinem Eintritt in die lichthelle Wohligkeit abhält. Im selben Augenblick erlischt das Licht.

Ich erwache.

Gedämpftes Tageslicht umgibt mich. Neben mir liegt meine Schwester und schläft. Sie hat sich ganz klein zusammengerollt. Ihr Atem weht an meinen schweißnassen Nacken.

Mutter tritt in mein Blickfeld.

»Gott sei Dank, du bist wieder bei uns«, sagt sie zärtlich.

»Trinken, bitte«, krächze ich.

Auch Vater ist da.

»Nun, meine Dame«, sagt er. »Wir haben an deinem Krankenlager gewacht. Du scheinst das Schlimmste überstanden zu haben. Dies erfüllt uns mit großer Erleichterung!«

Ich nicke und schließe erschöpft die Augen. Schlafen, ich will einfach nur schlafen. Doch durch eine sanfte Berührung an meiner Schulter werde ich wieder geweckt.

»Charlotte, du musst jetzt wach bleiben und mir zuhören«, sagt Vater beschwörend. »Es wird Zeit für deine Rückreise. Die Turmuhr zeigt halb zehn Uhr morgens. Uns bleibt also noch eine knappe halbe Stunde. Auf deiner Uhr ist es bereits kurz vor elf! Du bist gerade noch rechtzeitig wieder zu dir gekommen. Wir müssen dringend mit den Reisevorbereitungen beginnen!«

Ich sehe meine Eltern verwirrt an.

»Vati? Mutti? Was redet ihr denn?«, murmle ich. »Bitte, ich fühle mich zu krank, um zu verreisen.«

»Kind, lieber Himmel!«, ruft meine Mutter. »Wir sind nicht deine ...«

»Schsch ...«, wird sie von meinem Vater unterbrochen.

Die beiden blicken derart sorgenvoll auf mich hinab, dass ich beschließe, die Augen einfach wieder zu zumachen.

»Charlotte«, sagt mein Vater und rüttelt mich erneut. Mutter richtet mich auf. Mir wird schlecht von der Bewegung.

»Hör mir bitte gut zu, Charlotte. Die Zeit drängt. Du musst auf eine Reise gehen. Es geht um dein Leben. Vertrau uns, ja?«, sagt mein Vater so eindringlich, dass ich anfange zu zittern.

Was verlangen meine Eltern denn da von mir? Ich greife nach der Hand meiner Mutter. Ihre Augen sind tränenerfüllt.

»Mutti …?«, frage ich.

»Vertrau uns«, sagt sie und nimmt mich in die Arme.

Dann weckt sie Carlotta.

»Tschali«, nuschelt Carlotta und reibt sich die Augen. »Es geht dir besser? Oh, es geht dir besser! Es geht ihr besser!«, jubelt sie und schlingt ihre Arme um mich. Dann klettert sie aus dem Bett. »Wie viel Uhr ist es, Professor?«, fragt sie.

»Es wird alles sehr knapp«, antwortet unser Vater.

Hat Carlotta ihn Professor genannt?

Hä, warum ..., will ich fragen, doch Carlotta ergreift meine Hände.

»Tschali, sieh mich an«, sagt sie. »Als erstes müssen wir dich anziehen. Frag einfach nicht, du wirst es später verstehen ...«

»Okay ...«, sage ich, weil ich keine Kraft habe, um zu widersprechen.

Als erstes wickelt Mutter die nassen Tücher von meinen Beinen. Ich schaudere und bekomme am ganzen Körper eine Gänsehaut. Boah, ich fühle mich so dermaßen krank. Mutter rollt meine Schlafanzughose wieder nach unten und zieht sorgfältig die Strümpfe darüber. Carlotta bringt die Latzhose und mühsam quetschen die beiden mich hinein.

Ich bin zu schlapp, um mitzuhelfen. Ich kann kaum meinen Kopf halten und mir ist immer noch speiübel. Ich glaube, ich muss mich gleich übergeben ...

»Mir ist schlecht«, flüstere ich und will mich wieder aufs Bett sinken lassen.

Doch Mutter hält mich aufrecht, während Carlotta die Träger festklippst. Dann geht sie zum Schreibtisch, reißt mehrere Seiten aus ihrem Schulheft, rollt sie zusammen und knotet ein Stück Wolle darum. Mutter fasst in die Tasche ihres Kleides und reicht Carlotta ein Samtsäckchen. Ich rieche Rosenduft. Carlotta knickt die Papierrolle, steckt sie hinein und zieht die Kordel zu. Dann stopft sie mir das Säckchen in die Hosentasche.

»Fertig?«, fragt Vater ungeduldig.

Carlotta sieht mich ich prüfend an.

»Etwas stimmt noch nicht ...«, sagt sie nachdenklich.

»Echt, Leute«, maule ich und streiche mir eine verschwitzte Strähne aus dem Gesicht.

Ich will einfach nur schlafen, kapiert das denn keiner?

»Der Haarreif!«, ruft Carlotta.

Sie findet ihn neben der Nähmaschine und steckt ihn mir ins Haar.

Wieder betrachtet meine Familie mich kritisch.

»Die Uhr!«, sagt Carlotta und mein Vater reicht sie ihr.

Wie auf Kommando schauen nun alle aus dem Fenster. Ich folge ihren Blicken. Es hat aufgehört zu schneien. Ich kann die Turmuhr sehen, es ist fünf vor zehn. Carlotta bindet mir die Uhr um und ich werfe gewohnheitsmäßig einen

Blick darauf. Auf meiner ist es fünf vor elf. Ich spüre, dass mir das eigentlich etwas sagen sollte, tut es aber nicht. Außer, dass meine Feen-Uhr halt falsch geht.

»Ich muss die mal neu stellen«, murmle ich. »Sie geht ne Stunde vor. War Zeitumstellung oder was?«

»Später, Liebes. Jetzt musst du bitte versuchen, kurz aufzustehen«, sagt meine Mutter und ich werde vom Bett hochgezogen.

Zum Tisch sind es nur zwei kurze Schritte und dennoch knicke ich in den Knien ein. Ich kann tatsächlich nicht mehr ordentlich laufen, wie Wackelpudding sind meine Beine. Meine Eltern hieven mich auf den Stuhl und schieben ihn so nah an das Tischchen heran, dass ich richtig fest eingeklemmt bin. Ich bin den Tränen nahe. Spinnen eigentlich alle? Sehen sie denn nicht, dass es mir echt Scheiße geht?

»Bitte, lasst mich doch einfach wieder ins Bett«, wimmere ich. »Ich will ins Bett.«

Dann fällt mir noch etwas ein, keine Ahnung, wie ich draufkomme: »Ich hab euch bestimmt alle angesteckt«, murmle ich.

Carlotta stellt sich hinter mich und hält mich mit aller Kraft fest.

»Tschali, es ist soweit. Alles ist bereit. Du musst jetzt gehen. Ich danke dir, dass du in mein Leben getreten bist und ich werde dich niemals vergessen, niemals, das schwöre ich dir«, flüstert sie in mein Ohr.

Meine Kopfhaut fängt an zu prickeln.

Hier geht doch etwas Unheimliches vor. Oder was Verrücktes. Haben alle den Verstand verloren? Ich fühle mich sterbenselend und muss gegen meinen Willen diesen komischen Kram veranstalten? Endlich fällt mir ein, dass ich ganz bestimmt nur träume. Das erleichtert mich enorm. Okay, Traum ist okay ...

»Schau jetzt einfach nur auf die Kirchturmuhr«, sagt Carlotta beschwörend. »Nur auf die Turmuhr schauen. Lass sie nicht aus den Augen.«

Um ihr einen Gefallen zu tun, gehorche ich brav. Die Turmuhr zeigt zwei Minuten vor zehn. Nichts geschieht. Meine Augenlider werden schwerer. Ich kann sie kaum mehr aufhalten.

»Denk jetzt an zu Hause, an dein Zuhause«, redet Carlotta weiter.

»Aber ich bin doch ...«, fange ich an, als Carlotta hinzufügt: »Denk einfach nur das Wort: Zuhause, Zuhause, Zuhause.«

Auch diesen Gefallen tue ich ihr. Ich denke *ZuhauseZuhauseZuhause* und sehe heimlich auf meine Uhr. Sie geht logischerweise immer noch falsch. Eine Minute bis zehn auf der Kirchturmuhr, eine Minute bis elf auf meiner. Die Sekunden verrinnen. Ich starre ordnungsgemäß auf den Turm, denke *ZuhauseZuhauseZuhause*, starre, denke. Keine Ahnung, wie lang ich das noch machen soll ...

Ich spüre, wie Carlotta und meine Eltern mit jeder Sekunde nervöser werden.

»Gleich ...«, wispert mein Vater plötzlich, »... gleich öffnet sich das Zeitreisefenster. Sie hat noch genau sieben Minuten. Genau die sieben Minuten, die die Turmuhr immer überspringt«, fügt er hinzu.

Carlotta lässt mich los und meine Familie tritt einen Schritt vom Tisch zurücktritt. Mein Herz beginnt zu klopfen. Moment mal, ich will protestieren, mich umdrehen, stopp, was geschieht denn jetzt, warum lasst ihr mich allein?

Da schlägt die Turmuhr zehn Mal.

Völlig unvermittelt überkommt mich eine Ahnung.

Mir ist, als ob ich genau diese Situation schon einmal erlebt hätte ... ich verspüre schlagartig eine wohltuende Ruhe. Ich fühle mich fast entspannt. Na gut, einverstanden, eigentlich ist es doch gar nicht so schlimm, einfach nur dazusitzen und aus dem Fenster zu starren. Gedankenverloren taste ich mit der Hand auf dem Tisch herum. Ich weiß nicht, was ich suche, aber ich suche es ...

»Da müsste was stehen, es sieht so aus, also ob sie nach etwas tastet«, höre ich meine Mutter mit erstickter Stimme hauchen.

»Der Tee fehlt«, japst Carlotta. »Der Lindenblütentee! Wie konnte ich den nur vergessen?«

Meine Mutter und meine Schwester stürzen davon. Na ja, so wichtig ist der Tee mir jetzt auch nicht, will ich sagen, doch da stellt Carlotta schon mit zittrigen Fingern eine Tasse neben meine Hand. Hektisch rührt sie die leichten Blüten unters Wasser, damit sie absinken.

Na dann, denke ich, puste auf die Oberfläche und trinke vorsichtig einen Schluck.

Ich werfe einen Blick auf meine Armbanduhr.

Zwei Minuten nach elf.

Nichts passiert. Was soll auch schon passieren.

Die Zeit vergeht und ich muss einfach nur dasitzen? Euer Ernst jetzt? Allmählich nervt es mich doch wieder. Ich überlege, meinen Kopf auf die Arme zu legen und einfach im Sitzen zu pennen.

Ich sehe mich nach meiner Familie um. Sie halten sich an den Händen und machen Gesichter, die mir wirklich Angst einjagen.

»Könntet ihr mir bitte mal sagen, was …«

»Sieh auf den Turm«, sagen alle drei gleichzeitig.

Erschrocken drehe ich mich wieder um. Ist ja schon gut, chillt mal …

»Tschali, halt durch, nur noch kurz«, ermahnt mich Carlotta. »Ich sage dir jetzt Worte vor und du denkst sie einfach in deinem Kopf, ja?«

Ich nicke und seufze. Die Turmuhr verschwimmt vor meinen Augen, so müde bin ich.

»Zweitausendeinundzwanzig, Mama, Papa, kuhl, Flugzeug, Auto, Oma, pink, Kanzlerin, Mäkdonnels, Pommes, Disnifilm, Waschmaschine, Roboter, Raumstation, Doktor Jillmatz,

Händewaschen, Mondspaziergang, Büroklammer, Schbagettibollonesä, Schampu, kuhl, kuhl, kuhl, ohkeh, ohkeh ...«

Ich muss lachen und wiederhole brav, was ich von dem Kauderwelsch verstanden habe. Wo hat Carlotta bloß solche Fantasieworte her? Ob es vielleicht eine Art Zauberspruch ist? Ich muss wieder lachen und sehe auf die Uhr. Bescheuerte Gewohnheit ... Drei Minuten nach elf. Nerv, jetzt geht sie schneller als die Turmuhr. Auf der ist es immer noch zehn. Ist mir jetzt aber auch egal.

Ich will Carlotta gerade fragen, wie man sich derartiges Zeug ausdenken kann, als ich von einem Hustenanfall gepackt werde. Es tut immer noch saumäßig weh. Ich ringe nach Atem. Mein Herz donnert gegen die Brust. Ich bekomme nicht ausreichend Luft. Ich hatte schon fast vergessen, was für ein fieses Gefühl das ist. Kurz bevor ich panisch werde, geht es wieder. Tee, bestimmt hilft Tee. Ich trinke, kann die Tasse beinahe nicht halten. Kaue auf den schlappen Lindenblüten herum. Mir ist kalt, meine Füße sind halb erfroren ...

Wieder sehe ich auf meine Uhr.

Vier Minuten nach elf.

Ich setze mich auf einen Fuß, um ihn aufzuwärmen.

»Die Hasen fehlen«, kreischt Carlotta und ich falle vor Schreck fast vom Stuhl.

»Geht's noch?«, japse ich und lege meinen Kopf auf die Arme.

Mir reichts jetzt wirklich, ich bin fix und fertig.

Hinter mir gibt es unterdessen großen Tumult. Mein Vater scheint aus dem Zimmer zu stürmen und mit Gepolter die Treppen hinab zu rennen.

»Sei leise wegen dem Huhn«, nuschle ich und dämmere für einen kurzen Moment weg.

Nach ein paar Sekunden zwinge ich mich, die Augen wieder zu öffnen. Wenn meinen Eltern und Carlotta diese Sache hier so wichtig ist, dann meinetwegen. Ich will sie nicht enttäuschen.

Wieder ein Blick auf die Armbanduhr. Ganz automatisch.

Sechs Minuten nach elf. Hey, gleich kommt der Sieben-Minuten-Sprung, oder nicht? Prima, den guck ich mir gern an.

Meine Augen fallen wieder zu.

Ich werde beim Einnicken gestört, weil an meinen Füßen herum gepusselt wird. Carlotta ist dabei, sie in zwei eklig stinkende Hausschuhe zu stecken! Lieber Himmel, was für einen Müll ich da zusammenträume!

»Wach auf, Tschali«, dringt Carlottas Stimme in mein Bewusstsein. »Du hast nur noch eine Minute. Denk an zu Hause, erinnere dich. Bitte. Komm schon!« Carlotta schüttelt mich echt unsanft. Das macht mich sauer. Ich reiße die Augen auf und starre wieder aus dem Fenster. Gereizt wiederhole ich die Worte, die sie mir vorgibt. Ich höre das Klick von Vaters Taschenuhr, als er sie aufklappt und anfängt, irgendwelche Sekunden zu zählen.

»Fünfundvierzig, sechsundvierzig, siebenundvierzig, achtundvierzig ...«

Weint meine Mutter?

Urplötzlich bekomme ich Panik. Eine riesengroße, schwarze, unendliche Angst kommt wie ein Orkan auf mich zugerast.

Ich kann Carlottas Worte kaum mehr hören, nur noch Vaters atemloses Murmeln.

»Vierundfünfzig, fünfundfünfzig ...«

Ich habe das Gefühl, als ob ich diesem Druck, der plötzlich auf mir lastet, nicht mehr lange standhalten kann. Ich will auch nicht mehr.

Ich kann auch nicht mehr.

Ich werde schwächer. Das ist okay.

Alles verlangsamt sich.

Mir wird schwindlig, meine Fingerspitzen sind eiskalt. In den Ohren beginnt es zu fiepen. Es kommt mir vor, als ob ich dabei wäre, mich innerlich abzuschalten. Es geht ganz leicht. Ich muss es nur zulassen ... Eins nach dem anderen ausschalten. Ende. Ende. Ruhe. Fertig.

»Siebenundfünfzig, achtundfünfzig ...«

Da erreicht mich nochmal eine Stimme. Es ist Carlottas.

Wie der Hauch eines Parfums, der an einem vorbeiweht. Zart, aber doch deutlich, vernehme ich die letzten Worte meiner Schwester.

»Ya lyublyu tebya moya zayka« – ich liebe dich mein Häschen.

Kapitel 11

Ich blinzle zum Glockenturm hinüber.

Meine Ohren dröhnen und im Kopf hämmert der Schmerz. Acht Minuten nach. Schade, jetzt habe ich den Sieben-Minuten-Sprung doch verpasst ...

»Kann ich jetzt endlich ...«, nuschle ich und lasse den Kopf sinken.

Da bemerke ich die mit Gekritzel bemalte Schreibtischunterlage.

Wo kommt die denn plötzlich her?

Ich sehe mich um.

Die Erinnerungen knallen in meinen Kopf. Gewaltig wie aufgepeitschte Wellen gegen eine Hafenmauer. Ich versuche, ganz ruhig dazusitzen.

Ich halte still.

Denke nur einfache Sätze.

Denke, es hat geklappt. Ich bin wieder zu Hause!

ALLES IST GUT. ALLES!

Vor Erleichterung fange ich an zu schluchzen und lasse mich erschöpft vom Stuhl auf den Boden fallen. Mit letzter Kraft hake ich die Träger meiner Hose auf, krabble aus ihr heraus und auf mein Bett zu. Bevor ich es erreiche, wird mir schwarz vor Augen.

Ich zwinkere meine Sicht klar. Aha, ich bin auf einer schaukelnden Luftmatratze. Über mir ist aber kein Himmel und unter mir kein Pool, sondern … krass, bin ich in einem Auto? Ist das die Sirene eines Krankenwagens? Lichter, Leute, Kabel, Geräte, alles verschwimmt vor meinen Augen … Aber eher angenehm! Doch, ich fühle mich watteleicht und watteweich und ich mag das Schwanken und Dümpeln, trallala … Ich habe irgendwas im Gesicht, über Mund und Nase, das fühlt sich prima an … Nee, keine Maske, weicher, das ist guuut, ich kriege richtig viel leckere Luft …

Da bin ich wieder. Okay, auch gut, diesmal ein Bett. Hellgrüne Bettwäsche.
Wer ist da bei mir … ?
Ich muss meine Augen scharf stellen.

Jetzt.

Mama, Papa, Jelena !!!

Ich glaube, ich klammere mich an sie.

Um ein Haar hätte ich sie nie wiedergesehen!

Ja, beinahe wäre ich vor Hundertzwanzig Jahren gestorben – bruchstückhaft fliegen Erinnerungen durch meinen Kopf. Oh Mann, das kriegt ja keiner klar sortiert ...

Ich schlafe wieder ein ...

Irgendwann bin ich wieder wach und denke und denke und denke so vor mich hin, weil ich zum Sprechen zu schwach bin, während Mama, Papa und Jelena abwechselnd froh sind, sich, mir, der Kinderärztin, dem Schicksal und sonst wem Vorwürfe machen und dann wieder froh

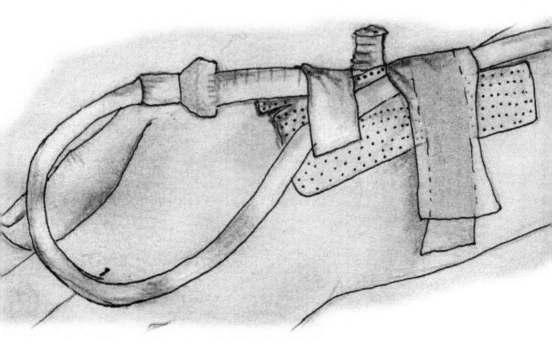

sind ... also ein ziemliches Gefühlschaos veranstalten. Boah, nicht so laut!

Während ich einfach nur still daliege, durchlaufe ich die Zeitreise noch einmal im Schnelldurchlauf. Doch irgendwann tritt die Realität immer stärker in den Vordergrund. Die fremde Bettwäsche unter meinen Fingerspitzen, die ungewohnte Beleuchtung, der piepsende Monitor, die Kanüle in meinem Handrücken, die Infusion ...

Ich versuche es also mit Vernunft und gesundem Menschenverstand. Chill mal, ermahne ich mich selbst. Check es, endlich, Alter: Meine Reise war nur ein irrer Fiebertraum, schließlich kommt man nicht alle Tage ins Krankenhaus und schon gar nicht auf so dramatische Weise, mit Krankenwagen und so ... Vielleicht sind meine Erinnerungen auch nur die verrückten Nebenwirkungen der Medikamente, die ich bestimmt bekommen habe?

Andererseits, wie kann man derart klare Vorstellungen von etwas haben, das sich so echt angefühlt hat? Sie tun richtig weh. Alles krampft sich in mir zusammen, als mir urplötzlich bewusstwird, dass meine Zeitschwester schon lange nicht mehr am Leben ist. Carlotta! Auch nicht ihre Mutter und der Professor, nicht Hänschen und nicht Frau von Hahn ... Niemand mehr, den ich getroffen habe. Nicht die Kinder am Feuer, nicht der Seifen-Mann oder die Kastanien-Frau. In meinem Hals bildet sich ein fetter Kloß und mein Herz fühlt sich an, als würde es jemand mit der Faust zerquetschen. Magenschmerzen rasen durch meinen Bauch.

Plipp, plipp, plipp, meldet der Monitor prompt meinen schnellen Herzschlag und Mama streichelt mir beruhigend über die Wangen.

Was für ein Schlamassel, ich weiß überhaupt nicht mehr, was ich mir selbst glauben soll. Vielleicht wäre es sogar besser, einfach überhaupt nichts zu erzählen - ich würde mich ja selbst für verrückt halten. Aber andererseits platze ich beinahe!

»Alles, was du jetzt brauchst, ist Ruhe, mein Schatz«, flüstert Mama mir ins Ohr. »Dieser schreckliche, völlig unerklärliche Rückfall deiner Krankheit hat uns alle schockiert. Schlaf einfach.«

Eine Krankenschwester kommt ins Zimmer, kontrolliert die Infusion und beobachtet konzentriert die Aufzeichnung der Herztöne.

»Es darf leider nur einer von Ihnen über Nacht bleiben«, sagt sie freundlich, bevor sie wieder geht.

Papa und Jelena erheben sich.

»Wir haben Sching-Schang-Schong gespielt. Leider habe ich verloren«, scherzt Papa flüsternd und küsst mich auf die Stirn. »Gute Besserung, Süße.«

»Malyschka, mein Baby«, murmelt Jelena. »Ich machs mir solche Vorwürfe. Ich hätte nach dir gucken müssen. Kontrolle, ob's dir geht gut ...«

Ich stöhne innerlich auf.

Wenn Jelena wüsste, wie froh ich bin, dass sie nicht auch nur eine einzige Millisekunde früher hereingeschneit ist. Ich wäre auf meiner Heimreise womöglich irgendwo stecken geblieben!

Ich muss ruhig bleiben, sonst fiept das Gerät gleich wieder los, aber in mir herrscht ein einziger Aufruhr. Ich bin nicht nur krank und durcheinander, sondern ich fühle mich komplett umgestülpt. Wie will ich meine irrsinnige Geschichte nur beweisen können? Und will ich sie meiner Familie überhaupt antun? Doch, das muss sein, ich kann nicht anders.

Da kommt mir ein Gedanke: Das Klopapier! Natürlich! Ob der Fetzen die Reise gut überstanden hat? Schließlich ist das Stück Zeitung von einem Tag auf den anderen über hundert Jahre gealtert ... Ich muss dringend dafür sorgen, dass mein Beweis nicht verloren geht!

Ich fahre mit der Zunge im Mund herum und suche ein wenig Speichel zusammen.

»Jelena, Gefallen, bitte«, krächze ich. »Bring mir die Latzhose, okay? Aber nicht waschen. Wie ich sie ausgezogen habe. Genau so, ja, bitte, ist total wichtig.«

Meine Eltern und Jelena tauschen einen Blick.

»Is gut, mein Kisska«, sagt Jelena. »Versprochen.«

Papa und Jelena gehen leise hinaus.

»Mama, versprichst du mir auch was?«

Mama drückt meine Hand und nickt.

»Schwörst du`s?«

»Ich schwör's«, sagt sie.

»Mama, in der Stunde, in der ich allein im Zimmer war, ist mir was ganz Seltsames passiert. Ungefähr so irre, als ob mir wirklich das Christkind erschienen wäre.«

»Das Christkind? Begegnet mir jedes Jahr am 24. Dezember«, versucht Mama einen Witz. »Ich hoffe, du hast daran gedacht, ihm gleich deinen Wunschzettel mitzugeben!«

»So irre, als ob ich ... einen echten Außerirdischen getroffen hätte«, versuche ich es erneut. Au weia, ich ahne es jetzt schon, das Ganze wird mühsam ...

»Oh, ich wusste gar nicht, dass Papa heute Morgen noch mal nach Hause zurückgegangen ist!«

Jetzt muss ich doch ein bisschen schmunzeln und husten gleichzeitig. Sofort macht Mama ein besorgtes Gesicht und greift nach dem Alarmknopf.

»Egal, nein, alles okay«, winke ich ab. »Ich erzähl's euch morgen.«

»Gut«, flüstert Mama und stopft die Bettdecke um mich fest, wie ich es gern mag.

Ich drehe mich auf die Seite.

»Wie geht es ihr?«, höre ich jemanden fragen.

»Ich weiß nicht …«, antwortet Mama. »Sie redet ganz unzusammenhängend, von Außerirdischen und was weiß ich … So kenne ich sie gar nicht. Hat sie doch wieder Fieber bekommen? Oder können das die Nebenwirkungen der Medikamente sein?«

Dann schlafe ich ein.

Als ich am nächsten Morgen wach werde, sitzt Mama (immer noch?, schon wieder?) an meinem Bett. Ihre Haare sind verwuschelt, die Wimperntusche verschmiert und sie sieht völlig fertig aus.

»Was ist mit dir, Mama?«, frage ich erschrocken.

»Das sollte ich eigentlich dich fragen«, erwidert Mama.

»Super. Mir geht's viel besser.«

»Das ist schön!« Mama atmet erleichtert auf. »Du hattest fürchterliche Alpträume und hast im Schlaf geredet. Kannst du dich an irgendwas erinnern?«

»Was habe ich denn so geredet?«

»Na ja, du und ein anderes Mädchen wurdet von einer Frau ausgeschimpft, weil ihr euch von ihr Klamotten ausgeliehen hattet. Dann war da noch ein Professor und bei dem warst du Dienstmädchen ...«

»Aha, ups ...«, sage ich unbestimmt.

»Und du hast immerzu von deiner Schwester geredet.«

»Oh«, sage ich.

»Du musst was essen«, sagt Mama. »Das kommt bestimmt von einer Unterzuckerung. Ich kann mir nicht vorstellen, dass in dieser Infusion Kalorien drin sind.«

Eigentlich gar keine schlechte Idee. Meine letzte Mahlzeit bestand aus acht heißen Maronen von einem Weihnachtsmarkt vor hunderteinundzwanzig Jahren. Ich stöhne innerlich.

»Feinstes Krankenhausfrühstück. Kräftig und nahrhaft. Frisch und köstlich.« Mama zeigt grinsend auf eine schlappe Scheibe Brot, ein Plastikdöschen mit Butter und ein Alutöpfchen mit gelber Marmelade, einen Zitronenjoghurt und eine Tasse Pfefferminztee.

»WÜRG!«

Mama grinst. »Das habe ich auch gedacht, als das Tablett gebracht wurde! Aber keine Sorge, Jelena kommt gleich. Papa natürlich auch. Ich kann mir nicht vorstellen, dass sie ohne einen Picknickkorb auftaucht, mit dem man die gesamte Kinderstation zwei Wochen lang verpflegen könnte.«

Mir wird immer mulmiger zumute. Ich will meinen Bericht unbedingt möglichst schnell hinter mich bringen, aber Angst habe ich trotzdem davor.

Als hätten sie auf ihren Auftritt nur gewartet, öffnet sich die Tür und Papa und Jelena sind da. Wie Mama vermutet hat, schleppt Jelena tatsächlich einen Korb und auch Papa hat etwas mitgebracht.

Umständlich wickelt er ein Blumensträußchen aus dem Papier und überreicht ihn mir. Darin steckt ein kleines Häschen aus Filz und ein Briefumschlag.

»Wow Papa, dass du überhaupt weißt, wo ein Blumengeschäft ist!«, sage ich und Papa lacht.

»Wie bin ich froh, dass du schon wieder Witze auf meine Kosten machen kannst«, sagt er.

»Nu ja, Charlitschka, dein Papa ist schlauer Mann, er bestimmt hätte Geschäfts für Blumens auch gefunden ohne meins Hilfe«, sagt Jelena schmunzelnd und beginnt, den Korb auszupacken.

Bald sieht meine Bettdecke aus wie das reinste Frühstücksbuffet. Mir läuft das Wasser im Mund zusammen.

Jelena verteilt Teller und für eine Weile sitzen wir einfach nur beisammen und essen. Bald hat auch Mama wieder ein bisschen Farbe bekommen.

»Hast du an die Latzhose gedacht?«, frage ich beiläufig.

Jelena runzelt die Stirn und holt eine fest zugeknotete Mülltüte aus ihrem Rucksack.

»Wir müssen sie wegschmeißen. So dreckig. Und stiiiinkt! An die Hosenbeine klebt Matsch oder Dreck oder noch Schlimmeres. Charlitschka, du musst uns sagen, was du hast gemacht in dein Zimmer! Und deine Hasenschuhe erst! Sehen aus wie tot und stinken wie tot!«

Über Mama und Papas Köpfen sehe ich die Fragezeichen nur so aufploppen. Jetzt ist es wohl soweit.

Zeit für die Wahrheit.

Ich atme tief ein …

»Mama, Papa, Jelena: Ich habe herausgefunden, dass ich eine ganz besondere Schwester habe«, sage ich. »Eine Zeitschwester.«

Kapitel 12

Und dann erzähle ich einfach drauflos.

Während ich rede, umklammern Mama und Papa meine Hände und Jelena schüttelt unentwegt den Kopf und murmelt Kommentare auf Russisch.

Ich beschreibe möglichst genau, wie es bei Carlotta ausgesehen hat. Ich schildere den Hinterhof, die Latrinenanlage, die Waschräume, den Kohlekeller und die Unterkünfte für die Schlafgänger.

Ich erwähne den unbekannten Durchgang, die Kinder in den Hinterhofverschlägen, Frau Liebknecht und den kleinen Hans.

Ich rede übers Buttermachen, das Seifengeschäft, die Linden, die Gaslampen und Pferdebusse, den Professor und sein Bemühen, mit uns das Rätsel meiner Zeitreise zu lösen.

Ich beschreibe, wie sich mein Husten von Minute zu Minute verschlimmert hat und ebenso mein fürchterlicher

Gedächtnisverlust. Davon zu erzählen, dass ich mich immer weniger an zu Hause erinnern konnte, ist schlimm. Als ich sage, dass mir irgendwann nicht mal mehr klar war, dass ich in eine andere Zeit gehöre, muss ich weinen. Erst im Nachhinein wird mir das Ausmaß der Gefahr, in der ich geschwebt habe, so richtig klar. Es kommt mir geradezu undenkbar vor, dass ich mich nicht an meine Eltern erinnern konnte!

»Ich wollte gar nicht mehr nach Hause, Mama, weil ich nicht mehr wusste, dass ich überhaupt ein anderes habe!«, schluchze ich. »Carlotta, ihre Mutter und der Professor haben mir das Leben gerettet. Sie haben die ganze Nacht an meinem Bett gewacht und dafür gesorgt, dass mein Fieber runtergeht und dass ich nicht vergesse, wo ich hingehöre!«

Über Mamas Gesicht laufen Tränen. Sie sitzt wie versteinert und sagt kein Wort. Papa auch nicht. Ich kann fast sehen, wie es hinter seiner Stirn rattert. Jelena schüttelt immer noch den Kopf und putzt sich in einem fort die Nase.

Natürlich erzähle ich auch von den letzten Minuten an Carlottas Tisch, auch wenn meine Erinnerungen daran nur verschwommen sind.

»Der Professor zählte die Sekunden und ich saß immer noch da und nichts geschah. Im Gegenteil, ich wollte ja nicht mal weg von meiner Familie. Ständig fielen mir die Augen zu. Ich wollte nur ins Bett. Carlotta gab mir unermüdlich Worte ein, die mich an euch erinnern sollten, aber ich konnte nichts damit anfangen. Ich starrte auf die Turmuhr und merkte, dass ich mich irgendwie aufzulösen schien. Es war, als hätte mir jemand die Entscheidung abgenommen: Bei Carlotta bleiben konnte ich nicht, weil ich einfach nicht in ihre Zeit gehörte. Es wäre unlogisch gewesen. Heimkehren konnte ich aber auch nicht, weil ich mich nicht mehr an die Zukunft erinnern konnte. Also blieb nur die Möglichkeit zu sterben. Ich glaube, ich war gerade dabei«, sage ich mit erstickter Stimme.

Mama hält mich fest und wir schluchzen zusammen.

»In der allerletzten Sekunde hörte ich Carlotta nochmal etwas sagen. Und kaum waren ihre Worte zu mir durchgedrungen, konnte ich heimkommen. Wenn Jelena auch nur eine Minute früher ins Zimmer gekommen wäre, wäre ich auf der Reise verloren gegangen. Oder hätte gar nicht erst starten können, weil mein Denken und meine Erinnerungen am Verlöschen waren.«

Als ich geendet habe, herrscht Totenstille.

»Was hat sie gesagt?«, quetscht Mama nach einer Ewigkeit heraus. »Was waren Carlottas Worte?«

»Ya lyublyu tebya moya zayka«, sage ich flüsternd.

Jelena entfährt ein überraschter Schrei, und sie schlägt die Hände vor der Brust zusammen.

»Das sage ich immer zu dich! Meine Worte haben dich heimgeholt!«

Mama drückt mich und wird mich heute wohl nicht mehr loslassen. Was mir recht ist. Papa indessen räuspert sich und räuspert sich, als wäre ihm seine Stimme im Hals stecken geblieben.

»Und …? Was sagt ihr jetzt dazu?«, frage ich dumpf in Mamas Umarmung.

Papa räusperte sich erneut. »Tja, nach neuesten wissenschaftlichen Erkenntnissen sind Zeitreisen nicht möglich. Die Zeit ist geradlinig und kann rückwärts weder verändert, noch wiedererlebt werden und aus diesem Grund …«

»Professor Grüning sagt aber, dass die Zeit zwar elastisch ist, aber nicht unendlich dehnbar«, fällt mir ein. Keine Ahnung, wo ich das herhabe, aber seine Stimme klingt mir im Ohr.

Verdutzt sieht Papa mich an.

»Soso«, meint er. »Nun gut. Trotzdem ist es einfach unmöglich, basta. Genauso unmöglich, wie sich unsichtbar zu machen oder irgendwohin gebeamt zu werden. Ich kann mir die ganze Sache nur so erklären: Du hattest dramatisch hohes Fieber und ein köchelndes Gehirn macht schon mal Kapriolen ...« Papa wirbelt mit dem Zeigefinger neben seinem Kopf herum.

Obwohl ich ja befürchtet habe, dass Papa so reagieren würde, bin ich irgendwie enttäuscht von ihm Er hält mich echt für durchgeknallt.

»Nee, Papa, das finde ich jetzt wirklich nicht in Ordnung«, protestiere ich ziemlich pampig. »Warum glaubst du mir nicht, einfach weil ich dein Kind bin und man seinem Kind immer glauben soll? Jedenfalls erst mal? Ebenfalls basta!«

»Ich glaube dir, Spatz«, murmelt Mama in mein Haar. »Obwohl mir Papas Erklärung echt lieber wäre.« Dann weint sie wieder ein bisschen.

Auch Jelena springt mir bei. »Richtig. Warum dann sind Hasenschuhe tot und Charlitschka war dreckig und stank, dass Krankenschwestern gestern erst mussten sie waschen, bevor sie sie gesteckt in Krankenbett?«

Papa nimmt die Brille ab und drückt sich die Handballen auf die Augen.

»Ffff ...«, macht er müde. »Ich gebe ja zu, es gibt einige Dinge, die ich mir auch nicht gänzlich erklären kann«, sagt er. »Dennoch kann es nicht so passiert sein, wie Charlotte sagt. Definitiv nicht, Punkt. Möglicherweise ist sie auf die Straße runter gegangen, eine Art Schlafwandel, Fieberwahn, keine Ahnung. Wir müssen die Ärzte fragen. Charlotte, vielleicht ist dir dort was zugestoßen, ein Unfall oder ein Überfall, etwas, das du jetzt aus deinem Gedächtnis verdrängst, weil du dich nicht mehr dran erinnern willst. Oder weil es ein Trauma ausgelöst hat. Posttraumatische Belastungsstörung, so sagt man doch. Und ohne dass du dir dessen bewusst bist, erfindest du eine Ersatzgeschichte. Damit wieder alles stimmig ist, weil man sich sonst sehr unwohl fühlt.«

»Jollki palki!«, schimpft Jelena. »Charlie war absolut und definitiv nicht auf Straße!«

»Schatz«, schnieft Mama. »Ich sag's mal ganz frei heraus: Du hast nicht zufällig eine Art Beweis? Bevor wir jetzt hier rumdiskutieren, uns gegenseitig Vorwürfe machen, die Ärzte verrückt machen, die Polizei fragen und diese ganzen Sachen …«

»Klar«, sage ich so lässig es geht. »Ich wollte nur warten, bis ihr selbst auf die Idee kommt.«

Mama, Papa und Jelena kommentieren meine Antwort mit sehr unterschiedlichen Geräuschen. Unterdessen entknote ich die Plastiktüte und ziehe die Hose heraus. Ich finde nicht mal, dass sie stinkt. Sie riecht nur seltsam. Muffig, erdig. Nach jahrhundertaltem Dreck eben ...

Ich fahre mit der Hand in die Latztasche und spreche dabei ein Stoßgebet. Bitte sei da, bitte sei lesbar, flehe ich. Und tatsächlich! Ich quieke vor Erleichterung und reiche Papa den Ausriss.

»Das hab ich gestern als Klopapier benutzt. Also nicht genau dieses Stück ...«

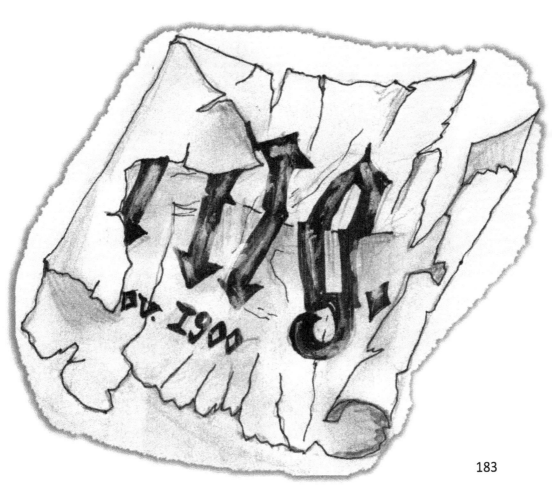

»Wie jetzt?« Papa bekommt vor Aufregung einen hicksenden Atem.

»Ich dreh noch durch«, murmelt Mama.

»Papa, das ist nur Klopapier!«, sage ich lässig.

»Klopapier?«, ruft Papa. »Klopapier!?« Er hält sich das Stückchen Papier so nah vor die Augen, als wolle er durchgucken, riecht daran, dreht es um, streicht darüber. »Wenn es das ist, was es sein könnte, dann ist das ein Dokument von historisch wissenschaftlichem Ausmaß! Forschende aus aller Welt werden Schlange vor meinem Institut stehen, um dieses einmalige Beweisstück der Existenz von Zeitreisephänomenen in Augenschein nehmen zu dürfen!«, japst er.

Tja, Papa flippt jetzt völlig aus. Vor einer Sekunde noch so: Nö, Bullshit, das gibt's nicht und jetzt so: Ich werde berüüühmt! Ich rolle mit den Augen, aber Papa ist voll drauf.

»Ich werde ein Buch schreiben, ach was, zig Bücher, Abhandlungen und Artikel«, zählt er auf. »Auf alle wichtigen Kongresse der Welt wird man mich als führenden Experten für Zeitreisephänomene einladen. Fernsehen, Podcast, Nobelpreis. Wir werden …«

»Richard«, unterbricht Mama ihn. »Du setzt dich jetzt hin und hörst mir zu«, sagt sie streng und Jelena nickt bestätigend. »Und du denkst mal nach, verflixt nochmal. Wenn das alles stimmt, dann muss doch auch Charlies Zeitfamilie Stillschweigen über diese Sache bewahrt haben. Sogar der Professor, der sich schließlich schon lange damit beschäftigt hat, verzichtete darauf, durch Charlies Geschichte zu Ruhm zu gelangen. Sonst wäre uns ja etwas darüber bekannt, wir hätten schon mal was von diesem Professor gehört, und so weiter und so fort, verstehst du? Das hätte alles irrsinnige Folgen gehabt!«

Papa nickt schwach.

»Du hast natürlich recht«, sagt er zerknirscht und vertieft sich erneut in den Zeitungsausschnitt. »Mein Anfall ist schon wieder vorbei, entschuldigt Leute. Oh Mann, ich habe nicht mal überprüft, ob das Exponat überhaupt echt ist. Also, jetzt mal standardmäßig: Was lesen wir?« Papa springt wieder auf. » ...*ung*, seht ihr? ,Zeitung', heißt das ganz sicher. Hier, 4. Nov. 1900. Es ist tatsächlich eine Zeitung aus dem Jahre 1900. Ich dreh durch«, murmelt er

»Ja, Papa, das merkt man«, bestätige ich.

Mit einem Mal werde ich von einer bleiernen Müdigkeit überfallen. Wie absolut random, dass ich ausgerechnet das Datum erwischt habe. Ein irrer Zufall! Erschöpft stopfe ich die Hose in die Tüte zurück, als mir auffällt, dass aus einer

Tasche ein Stück Kordel lugt. Ich greife hinein und ziehe einen Samtbeutel hervor. Rosenduft steigt mir in die Nase.

Ich bin wie erstarrt.

»Das ist von Carlotta«, bringe ich heraus. »Von Carlotta! Von Carlotta, versteht ihr? Wir waren in diesem Seifengeschäft. Ich hab dort nämlich allen erzählt, wie wichtig Händewaschen ist wegen Corona und so, und dann hat uns der Professor losgeschickt, um feine Seife zu kaufen, auch eine als Geschenk für Carlottas Mutter, weil er voll auf sie steht …«

Mama schließt die Augen und presst die Finger gegen die Schläfen. Dann weint sie wieder ein bisschen und Jelena auch. Ich kann Papa ansehen, dass er schon wieder Zweifel bekommt und denkt, ich war doch unten auf Straße und habe sogar was gekauft. Aber er wird ja gleich erfahren, wie falsch er liegt.

Ich schnuppere an dem Säckchen. Dass man den Duft noch riechen kann! In diesem Moment fällt mir ein, dass ich mir doch noch etwas eingesteckt hatte … Das Geldstück vom Weihnachtsmarkt. Ich suche alle Taschen ab. Aber leider kann ich es nicht finden.

Meine Finger zittern, als ich das Band des Säckchens aufknote und den Inhalt heraushole. Es sind mehrere Seiten aus Carlottas Schulheft, eng beschrieben in ihrer steilen, ordentlichen Schrift. Ich reiche sie Papa.

»Ich kann nix begreifen von das alles«, flüstert Jelena.

»Ich auch nicht«, sagt Mama.

»Japs!«, sagt Papa, als er ein paar Zeilen überflogen hat und sieht uns an. »Soll ich wirklich …«

»Ja«, antworten wir.

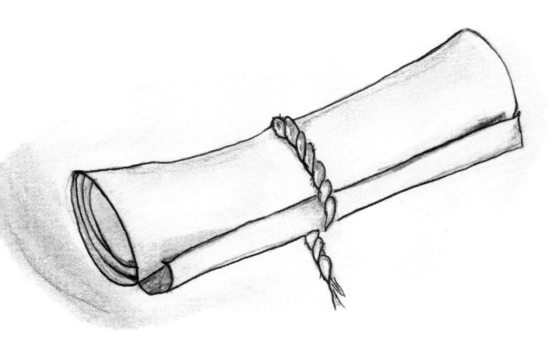

Kapitel 13

»*Herzallerliebste Zeitschwester, ich hoffe so sehr, dass du diese Zeilen irgendwann einmal lesen wirst. Und dass du es zu Hause bei deiner Familie tust. Keiner weiß, ob du überleben wirst. Weder die Krankheit, noch die Rückkehr …*«, beginnt Papa und schon heulen wieder alle los.

»Oje, oje, oje … all das hast du erlebt, während wir nicht das klitzekleinste bisschen geahnt haben«, jammert Mama. »Mir wird schlecht vor Kummer bei der Vorstellung, wie alleine du dich gefühlt haben musst.«

Ich drücke Mamas Hand. »Nicht weinen. Ich konnte mich doch nicht an euch erinnern, deswegen habe ich euch auch gar nicht vermisst. Und Carlottas Mama war wie eine Mutter zu mir, ehrlich.«

»So ein Glück, meine Güte! Du hättest bei ja bei weiß wem landen können. Und ich kann diesen Menschen nicht mal danken. Sie haben dir das Leben gerettet! Und jetzt sind sie längst alle ... also sie sind längst nicht mehr da ...«, sagt Mama hilflos.

»Charlitschka, sag mal, wie ist der Name von Carlottas Mama?«, fragt Jelena unvermittelt.

Ich muss kurz nachdenken. Carlotta hat es in der Küche erwähnt ...

»Lore? Nee, Eleonore«, fällt mir ein. »Kant. Warum?«

Jelena schüttelt nachdenklich den Kopf und als sie nichts sagt, liest Papa weiter.

Als fertig ist, fühlen wir uns wie erschlagen.

»Carlotta hat mir mit ihrem kitzelnden Atem wirklich das Leben gerettet«, murmle ich.

Auch ich höre die Schilderung der Ereignisse, während ich geschlafen habe, ja zum ersten Mal.

»Mein Schatz, ich werde dich für den Rest deines Lebens keine Minute mehr aus den Augen lassen können«, sagt Mama. »Das heißt, ich muss leider auch mit in die Schule kommen, bisschen peinlich, aber hilft ja nichts. Oder Jelena unterrichtet dich gleich zu Hause, abgemacht?« Mama lächelt müde über ihren Scherz.

Doch Jelena reagiert nicht. Sie scheint über etwas nachzudenken.

»Ich frage mich ganzes Zeit, ob es könnte sein, dass ...«

Sie lässt den Satz unbeendet im Raum stehen und fährt stattdessen mit den Fingern in den Kragen ihres Pullovers. Sie holt eine silberne Halskette heraus. Der Anhänger besteht aus einem großen, ovalen Medaillon. Ich beuge mich vor.

»Woah!«, japse ich. »Was für'n krasser Zufall ist das denn? Das Gleiche hatte Frau Kant! Auch mit einer Rosenblüte und einer Knospe drauf. Bei ihr waren auf der Rückseite noch Buchstaben, so alte ... Warte, ich muss überlegen ... ich habe sie nur kurz gesehen ... denk, denk ... F. I. D. F. R«, rufe ich triumphierend.

Jelena spricht ein Stoßgebet und dreht den Anhänger um. Auch er hat auf der Rückseite Buchstaben eingraviert. Es sind dieselben wie bei Carlottas Mutter.

»Der letzte Buchstabe sieht nur aus wie ein R, aber es ist ein K«, sagt Jelena leise. »**F**ür **I**mmer **D**ein **F**ranz **K**ant.«

Wir sitzen wie vom Donner gerührt.

Ich starre Jelena fragend an. »Ja, aber wieso hast du auch so eins?«

»Nu ja ...«, murmelt Jelena und schweigt. Papa sieht aus, als würde er sie am liebsten schütteln. Wohl gerade noch rechtzeitig redet sie weiter. »Nu ja, ich glaube, es ist so ... Wartet kleins Moment.«

Wir stöhnen vor Ungeduld, doch Jelena lässt sich nicht aus der Ruhe bringen. Sie holt ihre Handtasche, die sie auf dem Tisch abgestellt hat, setzt sich wieder und zieht einen abgegriffenen Briefumschlag daraus hervor. Er ist mit einem roten Haushaltsgummi umwickelt.

»Die Fotos, die ich dir zeigen wollte«, sagt sie und streift den Gummi ab.

Dann öffnet sie vorsichtig die Einsteckklappe des Umschlags und entnimmt ihm einen Stapel Fotografien. Sie haben unterschiedliche Formate und wir können sehen, dass sie schon sehr alt sein müssen. Die meisten sind in Schwarz-Weiß oder verschwommenen Brauntönen, wie bei meinem Sepia-Filter auf dem Handy. Jelena sieht die Fotos durch, indem sie ein Bild nach dem anderen nach hinten in den Stapel steckt. Schließlich kommt sie zu einem Foto, das sie lange betrachtet. Schließlich reicht sie es mir.

Als ich erfasse, was ich sehe, rinnen mir Tränen aus den Augen. ‚*Frühjahr 1903*‘ steht darauf und es sind vier Menschen abgebildet:

Ein großer, bärtiger Herr mit einem Monokel steht lächelnd hinter einer wunderschönen Dame in einem hellen, knöchellangen Kleid, deren kunstvoll hochgesteckte Frisur ein reich verzierter Haarreif schmückt. Sie sitzt auf einem

Stuhl und hält ein Baby im Arm, das in eine prächtige Spitzendecke gehüllt ist. Eine Hand des Mannes liegt auf der Schulter der Frau. Den anderen Arm hat er um ein junges Mädchen gelegt, das neben der Frau steht. Das Mädchen hat dem Baby einen Finger gereicht, den das Kleine mit seinem Fäustchen umschlossen hält.

Der Mann und die Frau sehen glücklich aus.

Das Mädchen strahlt übers ganze Gesicht.

Und es trägt eine Latzhose!

Ich gebe das Foto an meine Eltern weiter, lasse mich zurücksinken und heule einfach lauthals drauflos. Hastig sehen sich meine Eltern die Fotografie an.

»Das ist Carlotta«, schluchze ich. »Versteht ihr? Das ist sie, meine Zeitschwester. Die Frau ist ihre Mama und der Mann Professor Grüning. Sie sind tatsächlich eine Familie geworden! Und wie es aussieht, hat Carlotta ein Geschwisterchen bekommen. Sie sehen so glücklich aus! Alles ist gut geworden ... Alles ist gut geworden ...!«

»Wie, was, warum ...?«, stottert Mama an Jelena gewandt.

»Nu«, sagt Jelena und zieht die Schultern hoch, als könne sie selbst nicht glauben, was gerade vor sich geht. »Ich habe Fotos von diese Familie, weil sie ist MEINE Familie!«

»WAS?«, kreische ich und Mama krallt sich so heftig in meinen Arm, dass es fast wehtut.

Jelena nickt. »Carlotta Kant-Grüning ist meine Großmutter, meine Babuschka. Und Eleonore Kant-Grüning ist meine Urgroßmutter, meine Prababuschka. Und kleins Malyschka, da auf dem Arm von meins Urgroßmutter, heißt Eva. Eva ist die Halbschwester von Carlotta. Und Eva ist deshalb meins Großtante. Ich habe nicht gewusst, dass die Kant-Grünings in dieselbe Haus gewohnt haben wie ihr, Lindenallee 8. Ich wusste nur, dass sie gelebt haben in dieser Stadt!«

Wir bekommen keinen Ton heraus und Jelena redet weiter.

»Als du erzählt hast von Reise und du gesagt hat, Mädchen heißt Carlotta und Mama vons Mädchen heißt Eleonore Kant und der Professor heißt Grüning, ich habe bekommt eine Ahnung ...«

Jetzt ist es Papa, der ununterbrochen den Kopf schüttelt, als ob er das Gehörte zurechtrütteln müsse.

»Außerdem wir habens Beweis durch Medaillon«, fährt Jelena fort. »Ich habe es bekommen von meine Mutter, sie es hat bekommen von ihres Mutter, also von Carlotta. Und die hat es von ihres Mama Eleonore. Gibt man immer so weiter an ältestes Tochter. Franz ist übrigens der Name von Carlottas leiblichem Papa.« Jelena tippt auf das Foto. »Schau, Charlitschka, hast du bemerkt, Großmutter Carlotta trägt solche Hosen wie du! Ich habe mich immer gewundert, wie sowas sein konnte, vor über hundert Jahren! Aber jetzt ich weiß: Das ist von deins Besuch gekommen, Charlie, ganz sicher! Urgroßmutter Eleonore hats gehabt lange Jahre großes Geschäft für verrückte Modesachen. Oh du lieber Himmel, ich kann es nicht begreifen: Mein kleins Charlitschka hat besucht Mama von meine Mama und Mama von Mama von meiner Mama.«

Mama lässt mich los und drückt nun stattdessen Jelena an sich.

»Dann bist du die Tochter von Carlottas Tochter?«, kreische ich, als ich alles in die richtige Reihenfolge gebracht habe und werfe mich mit in die Umarmung.

»Ja«, sagt Jelena. »Und du weißt ja, der Name meiner Mutter auch war Charlotte, so wie du. Nun wir wissen warum!«

»Carlotta hat ihre Tochter nach mir genannt, nach ihrer Zeitschwester!«, quieke ich. »Ist das schön, oh wie krass, wie irre, Hammer, abgefahren …«

»Ich glaub's nicht, ich glaub's nicht«, murmelt Mama.

Da fällt es mir endlich wie Schuppen von den Augen.

»Du musst Carlotta ja gekannt haben?«, rufe ich. »Ja, oder? Sie war deine Oma! Carlotta war deine Oma!!! Hattest du sie lieb, wie ist es ihr ergangen, ging es ihr gut, hat sie …«, sprudelt es aus mir heraus, doch Jelena schüttelt den Kopf.

»Leider nicht. Ich kann mich nicht an sie erinnern. War damals komplizierte und schlimme Zeit wegen Krieg und allem, weißt du? Wir müssen in Ruhe alles besprechen, wenn du bist wieder gesund.«

Papa hat lange schweigend zugehört. »Mir ist einiges klar geworden …«, meldet er sich nun zu Wort. »Ich verstehe jetzt: Deswegen konnten auch nur Ihre Worte Charlotte wieder nach Hause zurückrufen, sozusagen. Auch in diesem Jahrhundert hatte Charlotte somit jemanden aus Carlottas Familie, der auf sie wartete«, fährt er beinahe tonlos fort. »So hat es letztendlich funktioniert. Ich habe die ganze Zeit nach dem fehlenden Puzzleteil in Professor Grünings Theorie gesucht … Jelena war dein fester Anker, um zurückzukommen.«

»Ich glaube, der Professor würde seine halbe Bibliothek dafür geben um zu erfahren, warum es tatsächlich klappen konnte«, sage ich.

Papa reicht Jelena die Hand.

»Ich weiß nicht, wie ich Ihnen danken soll«, sagt er erschöpft. »Ich glaube, wir sollten Charlotte und uns allen ein wenig Ruhe gönnen. Wir reden später weiter. Alles, an das ich als Wissenschaftler glaubte, ist an diesem heutigen Tage ins Wanken geraten. Mein komplettes Weltbild ist in sich zusammengestürzt. In meinem Kopf dröhnt ein Brausen und Tosen. Mir ist, als könnte man es auch außerhalb hören.«

»Ich kann es hören, Papa«, sage ich müde. »Das ist das Rauschen der Zeit.«

Dann muss ich gähnen und kurz darauf bin ich eingeschlafen.

Später ...

Nachts erwache ich von den leisen Geräuschen, die eine Krankenschwester macht, als sie zur Kontrolle an mein Bett tritt. Nachdem sie mir etwas zum Trinken gegeben hat, verlässt sie leise wieder das Zimmer.

Mama schläft neben mir auf der quietschenden Eltern-Liege. Immer wieder geht mir unser Gespräch durch den

Kopf: Carlotta war erwachsen geworden und hatte auch eine Tochter bekomme …. Ich freue mich so darauf, ihre Familiengeschichte zu erforschen: Das Modegeschäft, Carlottas Leben, Evas und Jelenas Geschichte und deren Familien … Und natürlich Professor Grünings Karriere. Vielleicht hat er ja ein Buch geschrieben oder etwas erfunden, ich muss es unbedingt lesen …

Mein Blick schweift durchs Zimmer. Das bläuliche Nachtlicht beleuchtet den Hasenstecker aus dem Blumenstrauß. Mir fällt auf, dass ich das Briefchen noch gar nicht gelesen habe und ziehe es aus den Blumen.

Es ist ein Gutschein …

Noch später ...

Den Reichspfennig vom Weihnachtsmarkt finde ich übrigens in meinem Zimmer auf dem Teppich, genau dort, wo ich nach meiner Rückkehr aus der Jeans geschlüpft bin ...

Lindenallee im Frühjahr 1900

Klassenfoto von damals

Schulkinder vor einhundert Jahren

Das bin ich, die Autorin. In meiner Kindheit habe ich so ziemlich alle Hobbys ausprobiert, die man sich nur vorstellen kann. Irgendwann bin ich beim Lesen geblieben und schreibe deshalb auch so gerne Bücher. Ich habe einen Gesellenbrief als Damenschneiderin, ein Diplom als Psychologin, aber kein Seepferdchen-Abzeichen. Mit meinen beiden Töchtern und einem Kätzchen lebe ich in einem hundert Jahre alten rosaroten Haus, mitten im Schwarzwald. Von meinem Schreibtisch aus gucke ich auf einen Kirchturm – den es schon genauso lange gibt wie mein Haus. So ist die Idee für die Geschichte der Zeitschwestern entstanden …

Noch mehr Bücher von mir: www.andrea-schuetze.de
Für Neuigkeiten auf Instagram: andrea_schuetze_autorin

Was wäre, wenn ...
... auch du ein Zeitgeschwister hättest:

Welche drei Fragen würdest du auf alle Fälle stellen?

1. _____
   _____
   _____

2. _____
   _____
   _____

3. _____
   _____
   _____

Von welchen Neuigkeiten aus deiner Welt würdest du unbedingt erzählen wollen?

_____
_____
_____
_____
_____

Was würdest du lieber für dich behalten?

_____
_____
_____
_____

Stell dir vor, dein Zeitgeschwister käme dich in deinem Jahrhundert besuchen. Was würdest du ihm alles zeigen?

_____
_____
_____
_____
_____

Welche Sache/Erfindung/Alltagsgegenstand aus deinem Jahrhundert würdest du zu Carlottas Zeit am meisten vermissen?

_____
_____
_____
_____
_____

Und worauf könntest du total gut verzichten?

_____

_____

_____

_____

Wenn du eine einzige Sache auf deine Zeitreise mitnehmen dürftest, was wäre das?

_____

Würde eine Zeitreise dich verändern, also deine Gefühle oder Einstellungen beeinflussen?

_____

_____

_____

Wenn Zeitreisen möglich wären: Würdest du lieber in die Vergangenheit oder in die Zukunft reisen – und warum?

_____

_____

_____

_____

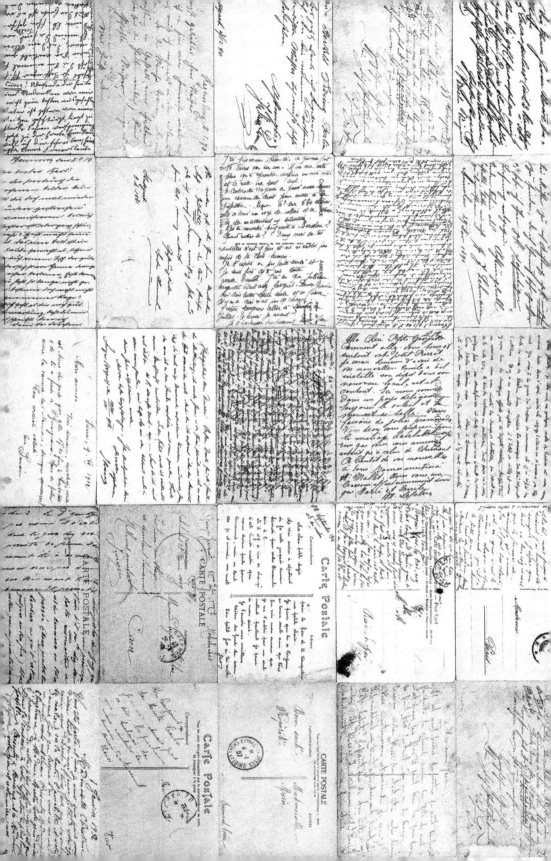

Fotonachweise:

AKaiser: Stock Vektornummer 96729391/ Shutterstock.inc

Autorinnenfoto: © Jörg Schwalfenberg

Everett Collection: Stock Illustrationnummer 242297614/ Shutterstock.com

Just dance: Stock Fotonummer 1222731988/ Shutterstock.com

LiliGraphie: Stock Fotonummern 1803260791, 204913363, 123286891, 340453049, 305487344, 340453019/ Shutterstock.com

Susan Law Cain: Stock Fotonummer 81223105

Vododymyr Nikitenko: Stock Fotonummer 426114517/ Shutterstock.inc